超高度かわいい諜報戦

SCHOOL LIFE ESPIONAGE

～とっても奥手な黒姫さん～

方波見咲
ILLUST. = ろるあ
Author = Saku Katabami
Illustration = Rolua

SW
240
255
W
凡田純一
JUNICHI BONDA
双輪高校二年B組。
影の薄い男子生徒。
ぼっち。
45.65%
輝ける朝の通学路作戦

105
120
SE
150
165
S
180
195
小清水早苗
SANAE KOSHIMIZU
ボンコツ教師。
凡田のクラスの担任。
生徒会の顧問。
生徒会
橘黒姫
KUROKI TACHIBANA
双輪高校二年A組。
名門・橘家のご令嬢。
生徒会書記。
39
10.7
15.7
19mph
30.21"
07:42
Mode
Camera

「凡田君って彼女いるの？」
「いえ、いませんけど……」
ない危ない。危うく見失うところだった。今のところ自然に凡田君とお昼を食べられて
。外で食べるなんて、凡
田君外好きなのかな。このベンチが
ょうどいいところ
にあってよかった。ここならゆっく
できそう
だし、凡田君も落ち着いてる
がする。
私たちはどこからどう見
も友達
だ。これなら質問して
全然変
じゃないだろう。
ーっと、
質問ってなんだ
け。あ、
とりあえずご
食べな
いと。凡田
は食べ
ないのか
。質問
リストはち
スマホア
プリにメ
芹沢明希星
AKIHO SERIZAWA
双輪高校二年C組。
長身、スタイルがいい。
一匹狼系女子。
カップルシート

「じゃあじゃあ、凡田君は付き合うとしたらどんなタイプがいい？」
「考えたこともないので……」

思ったよりもすーすーする……！
普段の校則準拠のスカートに比べると、何も穿いてないような心細さである。
でも悪くない！　はず！　私だって見た目には気を遣っているのだ。
ちゃんと本気になれば芹沢明希星くらいのスペックを発揮することくらい容易い。
だが……。果たして勝てるだろうか、これで……あの、見るからに
恋愛偏差値高めな芹沢明希星に!?
フェーズ７：ひざ上20cmの戦争

実は眠れる
暗殺者です。
ぼっちですが、
影では最強です。
この子がメインヒロインです。

超高度かわいい諜報戦
～とっても奥手な黒姫さん～

方波見 咲

MF文庫J

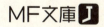

口絵・本文イラスト●ろるあ

CONTENTS

Author = Saku Katabami / Illustration = Rolua

超高度かわいい諜報戦

SCHOOL LIFE ESPIONAGE

序

「欲しいのはパスワードだけだ」

男たちの一人が言った。

「君の命にも財産にも興味はない。我々が欲しいのは君の頭の中にある文字列だけだ」

違う。欲しいのは金だろ？　無記名口座を通過する一千万ドルの金。

頭の中でそう答えてやった。

コンクリート張りの部屋だった。天井には白いライト、中央にはスチールデスク。私はパイプ椅子に結束バンドで固定されていた。

こちらを取り囲んでいる男たちは一様に黒ずくめだった。光沢のない戦闘服にマスク。仕事柄、元特殊部隊の連中との付き合いもあるが、男たちは彼らと同じ雰囲気を漂わせていた。

ＣＩＡか？　それとも別の組織の人間なのか。

記憶ははっきりしていた。ただ、それが正しいものなのか、確信が持てなかった。

週末、ベルンの郊外、別荘へ向かうために車を運転していたはずだった。突然、背後からのハイビームに目がくらみ、直後、車が横転したかのような衝撃を受けた。車から引きずり出され、別の車に乗せられて……。

——気がつけばこの尋問室にいた。

「今から尋問官がやってくる。それまでに協力するのがお互いのためだと思うんだが」

上官と思われる男が言い、机の向こうから端末を押し出してきた。画面に見覚えがあった。私の、いや組織のアカウントのログイン画面だった。

「……拷問は無駄だよ」

私ははじめて口を開いた。こんな事態にありながら、声は自分で思うよりも平静だった。

「まず、このアカウントのパスワードは一回しか入力できない。間違った言葉を入力すれば即座にロックされ、もう口座に触れることはできない。俺が吐いたとして、どうやってそれが本当か確かめる？」

固定された手を動かし、指を二本立てた。

「次に、この口座はあくまで中継地点に過ぎない。金があるのは日付が変わる前後、その数分しかない」

だからこそ、男たちはこれを狙ったのだろう。世界中を駆け巡る資金の流れの中で、一番脆弱《ぜいじゃく》なタイミング、一番脆弱な人間を。だが残念なことに組織は脆弱な輪に対してはすでに対策を考えてある。

「最後に、私には発信器が埋め込まれていて常に追跡されている。異変があれば口座はすぐに凍結される。それから組織が私を探しにやってくる。お前らを皆殺しにするためにな」

そういって笑って見せた。男たちに反応はない。

いつかはこうなると思っていた。組織の命でこの地にやってきて以来、それは覚悟していたことだった。

それでも私を止めることはできない。たとえ殺されたとしても、目的は達せられるのだ。

そのとき、ブザーが鳴り、正面の鉄扉が開いた。

それが現れた瞬間、何故《なぜ》か悪寒がした。

奇妙な人間だった。正確な身長はよく分からないが、他の男たちに比べると小柄に見える。そして、彼らと同様に黒い光沢のない、黒い衣装を着ていた。

異質なのはその人物が被《かぶ》っているマスクだった。

東洋風の、老人を模したものだ。

幹部研修で禅を習ったとき、ゼン・マスターから聞かされたことがあった。『メン』と呼ばれるマスク。能という舞台の上で、演者が己の役割を示すための仮面《ペルソナ》。

――まさか。

そのとき彼らの正体に思い当たった。

極東に残る冷戦の残滓《ざんし》。いかなる権力にも属さない、主《あるじ》を失った諜報《ちようほう》組織。

《御伽衆《おとぎしゆう》》。

彼らの武器は『情報』。彼らの目的は『金』。

脅迫・株式・脱税・企業の売買。合法、非合法問わず。世界中に張り巡らされた諜報網《ちようほうもう》が世界から吸い上げる金は、年間数百億ドルに上るという。

その組織の頂点に立つのが〈翁《おきな》〉という名の、正体不明の存在だった。

裏世界のフォークロア。それが目の前に存在していた。本物なのか？　この道化のような人間がその〈翁〉だというのか？

〈翁〉は椅子を無視し、デスクに腰掛けた。それから手にしていた数紙の新聞を無造作に放った。

「はじめまして、ミスター？　ヘル？」

仮面の奥から聞こえてきたのは青年の声だった。彼は足を組むと、放った新聞の一つを拾い上げ、広げた。

「失礼。部下の失態で新聞を読む暇がなかったから」

男たちの訛《なま》りのある英語と違い、〈翁〉はフランス人のようなフランス語で話した。

「このような目に遭わせて申し訳ないね。僕も事を荒立てるつもりはなかったけれど、こちらのオファーに快い返事がもらえなかったものだから」

「……オファー？　ただの脅迫じゃないか」

「いい話だったろ？　我々が今よりもっと安全な資金洗浄ルートを提供する。もっと安い手数料で。お互いに協力することができたと思うんだけど」

ぱさり、〈翁〉の手から新聞が滑り落ちた。その間から、無数の写真がこぼれ落ち、デスクの上に散らばった。

どれも見覚えのある風景だった。

自宅。庭。家族。キッチン。リビング。愛犬。書斎。愛車。銀行へ向かう自分の姿。

安い手品のような脅迫に、私は笑って返した。

「よく調べたが無駄足だったな。俺に守るようなものはない」

「らしいね。君からは死臭がする。だからそんなに自暴自棄なのか？」

青年がぽつりと言った。私は打たれたボクサーのように笑った。

「そこまでわかってるなら解放してくれないか？　余命数ヶ月《すうかげつ》を奪うこともないだろう？」

「だとすると動機が問題になってくるな。危険な資金洗浄を引き受けてまで欲しかったものは何なのか」

「……なあ、少ない時間を使ってお前らが敵に回した相手を教えてやろうか？　マフィアだのギャングだの、そんな生温《なまぬる》い連中じゃない。奴《やつ》らは世界中のどこにでもいる。お前たちをどこまでも追って死を望むような目に遭わせて……」

「ＫＦＢＮＤＨＸＢＢＡＭＳＲＫＥ」

青年は無造作に言った。

そのときの私の変化を感じ取っただろうか。心の深奥の激震を。

「たぶん、これで合ってると思うが自信がないな。君もそうだろう？」

そんなはずはない。

どこにも記録は残していない。あるのは自分の頭の中にだけだ。頭の中を直接のぞきでもしない限りわかりっこない。

はっ、とデスクの上の新聞に目をやった。文字に対する反応を見たのか？　諜報《ちょうほう》の分野で微表情の研究が為《な》されていることは知っていた。だが、こんな手法は見たことがなかった。こんな短時間で？　こんなわずかな反応で？

「反応が薄かったのは、自分でもよく憶《おぼ》えていないからだろう？　みんなそうさ。自分の記憶に自信がないから同じパスワードを使い回したり、誕生日なんかを設定する。組織の指示でメモも許されないとなるとそれは大層なプレッシャーだろう」

青年は一人で喋《しゃべ》っている。その言葉一つが発せられるたびに、心に鞭《むち》打たれたような動揺が走った。私は反応しているつもりはない。それなのに、青年の言葉は心の深奥に容赦なく切り込んでくる。

「……なるほど、秘密の鍵だけを記憶して、いつでも再現できるようになっているのか。絶対、忘れない言葉をキーワードにして」

青年は新聞の上の数字を指で追っていった。

「7・1・2。何の数字だろうね……エニグマ？」

今度は写真の一つを引き寄せた。私の書斎の写真。机に置かれたタイプライターのような物体を指さす。

「ああ、やっぱり。ここにエニグマが写っている。だとするとその数字はローターの番号か。また古風なものを使っているな。ははあ、それは信奉する組織に対する儀礼でもあるのか。七番、一番、二番、このローターを設定して秘密鍵を打ち込むのか。では、その秘密の言葉は何だろうね」

もうやめてくれ……！　思わず顔を背けると、青年が奇妙に体をねじ曲げ、顔を覗《のぞ》き込んできた。

マスクの目に空いた孔《あな》から、闇そのものが覗き込んできた。

「愛している《イヒ・リーベ・ディヒ》、エヴァ《エヴァ》。十五文字」

その瞬間、青年が仮面の奥で嗤《わら》った。

私は青年の見ようとしていたものを知った。パスワードではない。見ていたのは私の最も知られたくない部分だった。

「誰か電話を貸してくれ」

青年は私に興味を無くしたように、部下を振り返る。スマートフォンを受け取ると、

「エニグマのシミュレーターがどこかにあったな。初期型、反転ドラムのないものだ。愛してるよ……。ＫＦＢＮＤＨＸＢＢＡＭＳＲＫＥ。うん、ぴったり十五文字だな」

青年は机の上の端末に手を伸ばした。失敗すれば一千万ドルが失われる。そんな入力を何の躊躇《ちゅうちょ》もなく行った。

壁に映った光で何が起こったかがわかった。ログインは完了し、送金先の変更手続きが為《な》されたのだ。

「他人を疑うならまだしも、自分の記憶を疑うようになったらおしまいだな」

「……殺してやる。俺が死んだとしても、組織が必ずお前を殺す」

睨《にら》みつける私に向かい、青年は笑い声混じりに答える。

「そうか。僕は寛容だから、君を殺したりはしないよ。君の恋人……まあ、愛人だか何だかにも手を出さないであげる」

◆

「御苦労さまです、〈翁《おきな》〉」

部屋に入ると、スーツスタイルの女性が待ち受けていた。

「あれでよかったのか？」

「はい」

「端金《はしたがね》のために私を呼ぶな。私の一秒はお前の命より重いぞ」

「申し訳ありません」

女性は銀のトレイを差し出す。

〈翁〉と呼ばれた青年は女性とすれ違い様、肩越しに面を放り、バスルームへと入っていった。

器用に面をトレイで受け取め、ふう、と嘆息すると、女性は着替えの用意を調えつつ、バスルームへ向けて声を掛けた。

「今宵《こよい》はここでお休みください。明朝、お迎えにあがりますので」

「すぐに帰るから手配をして」

シャワーの音に紛れて返ってきたのは少女の声だった。

「ですが、少しお休みになられないと」

「余計な心配はしないで。それに」

水の音が止み、少女が姿《や》を見せた。

雪のような肌。すらりとした肢体に濡《ぬ》れた黒髪が流れ落ちている。

差し出されたローブに身を包み、少女は女性に言った。

「月曜には学校にいないと。生徒会の行事があるの」

「生徒会？」

そう聞かれ、少女は人形のような顔に微笑を浮かべて見せた。

「ええ、生徒会役員なのに休むわけにはいかないでしょう？」

《御伽衆《おとぎしゅう》》総帥、橘《たちばな》黒姫《くろき》はこたえた。

間章、ある令嬢のモンタージュ

「おはようございます」

朝の通学路、橘黒姫《たちばなくろき》が怜悧《れいり》な微笑を振りまいていた。

艶《つや》やかな黒髪、優雅な所作。生徒会を示す緑色の襷《たすき》。周囲の生徒たちに比べてもはるかに大人《おとな》びている。大型連休明けの気怠《けだる》い空気とは無縁の存在だった。

双輪高校《そうりんこうこう》一年C組、三村誠也《みむらせいや》は彼女に見とれていたことに気付き、はっと目を伏せた。

片想《かたおも》いの、そして失恋の相手だった。

入学式のとき、二年生代表として登壇した彼女に三村は一目惚《ひとめぼ》れしてしまったのだ。

失恋はすぐさまやってきた。

クラスメイトたちの噂《うわさ》で彼女のことを知るほどに、身の程を思い知らされた。

名家の令嬢にして文武両道。人望も厚く、当然のように生徒会役員を務めている。

高嶺《たかね》の花《はな》。その言葉がぴったりだった。

告白などできようもない。誰にも知られないまま始まり、終わった恋。

彼女は自分のことなど知りもしない。それでも彼女に一瞬でも近づけたことが、三村にとっては嬉《うれ》しかった。

◆

弧を描いたボールがリングに吸い込まれる。得点が入ると白いビブスをつけた女子生徒たちがハイタッチを交わした。

「ナイシュー！」

「西《にし》ちゃん、調子いいよ！　どんどんパス回して！」

その中心に橘黒姫がいた。

二年A組、高村晶《たかむらあきら》はスコアボードの傍らに立って、それを眺めていた。

黒姫は艶やかな黒髪を結わえ、コートの中でゆったりと躍動していた。

自分からカットインすることはほとんどない。自分でシュートを打つこともない。

それでもゲームを作っているのは橘黒姫だった。他四人にコーチングしながら、目立たないようにスクリーンをしながら、棒立ちのようなブロックをしながら。ほどよく点を取りながら、ほどよく点を取られる。味方だけでなく、対戦相手までコントロールして。

「何でも出来るよねえ……」

隣でスコアボードに手を掛けていた佐原郁美《さはらいくみ》がぽつりと言った。

「勉強だけじゃないんだもん。せめてスポーツくらいは譲ってくれてもいいのに」

「……本当にね」

高村を支配していたのは諦めにも似た感情だった。

最初はライバル心もあった。

勉強では勝ち目はない。せめてスポーツだけでも。そう思っていた時期もあった。

でも、いつの間にか受け入れていた。

彼女はこれ見よがしに能力を見せつけたりはしない。本当の実力を隠しながらみんなと同じように振る舞って、それでいて全く隠しきれず、かえって差異を目立たせていた。

たぶん、それが彼女なりの優しさなのだろう。皮肉ではなくそう思いながら、得点板を捲《まく》った。

◆

「朝の挨拶運動、おつかれさまでした」

生徒会室、橘《たちばな》黒姫《くろき》はそう言って一同を見回した。

生徒会顧問、小清水《こしみず》早苗《さなえ》は片隅でそれを眺めていた。

昼休み、生徒会室では反省会を兼ねた昼食会が行われていた。話を進めるのは書記の黒姫で、三年生の生徒会長、副会長は頷《うなず》くだけだ。

黒姫は二年生にして、すでに生徒会の中心人物だった。

双輪高校《そうりんこうこう》は生徒会活動にあまり熱心ではない校風なのだが、それを差し引いても彼女のリーダーシップは図抜けていた。

いわゆる帝王学というものなのだろうか。それがどんなものか、庶民の自分にはさっぱりわからないけれど。

まあ、任せておけば何事もスムーズに進むからいいか。なんてったって楽だし。

◆

放課後。

校内にある来客用のロータリーに黒塗りのリンカーンが停車していた。運転手の女性が直立不動で待ち構えている。もちろん、橘黒姫の関係者である。全てが特例だった。

「御苦労様です」

橘家の運転手、八木薫子《やぎかおるこ》は後部ドアを開け、黒姫を迎え入れた。少女は無言のまま、座席に滑り込んだ。

八木薫子は運転席に戻り、ミラー越しに後部座席を確認する。

黒姫は背筋を伸ばしたまま、座席に収まっていた。

今もなお、優等生としての偽装を演じきっていた。

寛《くつろ》ぐことも、素《す》を見せることもない。誰かの目がある可能性がある限り、その完璧な偽装が剥《は》がれ落《お》ちることはなかった。

鏡越しの彼女は、完璧な機械人形のように見えた。

郊外の丘陵を上がっていくと、やがて橘《たちばな》家の邸宅が見えてくる。

大正期に建てられた洋風建築。新興都市の趣きが強い双輪市《そうりんし》だが、ここだけは歴史を感じさせる。貿易業で為《な》した財を使い、大理石、胡桃《くるみ》材などをおしげもなく使った壮麗な佇《たたず》まい。それは外装だけでなく内装にも及び、黒姫《くろき》に与えられた一室も、高校生が使うにはやや瀟洒《しょうしゃ》すぎるといったところだ。

薫子《かおるこ》は棚に鞄《かばん》を置き、尋ねた。

「他に御用はございますか？」

「例の物は？」

黒姫は着替えもせず、言った。

薫子はテーブルにあったベルを鳴らす。ドアがノックされ、執事が銀のトレイに黄色い封筒を乗せて現れた。

「監視班からの報告書です。頼まれておりますものは技術班がただいま作業にかかっております」

薫子がそれを受け取り、差し出すと、黒姫は奪うように手に取った。

「あまり深入りなさいますと……」

「それは、あなたの心配することではないでしょう？」

黒姫は机のスイッチを押した。本棚が油圧式リフトによって動き出すと、その跡に、地下への階段が現れた。壁の白色ＬＥＤの光が、打ち放しコンクリートだけの冷たい空間を照らしていた。

「私は下にいる。出来上がったら声を掛けて」

「かしこまりました」

一礼し、頭を上げたときには、すでに黒姫は地下へと消えていった。

「…………」

橘黒姫。

名門、橘家の令嬢であり、学校では文武両道の優等生。教師、生徒からの信頼も厚く、誰からも一目置かれる存在。

だが、それは世界中の敵、あるいは味方の中にいる敵から身を守るための偽りの姿に過ぎない。

彼らは知らないだろう。

橘黒姫のもう一つの顔。

一万を超える間諜《かんちょう》を統べ、数千億の資金を動かす、組織の総帥。

諜報《ちょうほう》機関《御伽衆《おとぎしゅう》》、〈翁《おきな》〉の名を受け継ぐ者のことを。

階段の先には鉄扉が待ち受けていた。

黒姫が壁の端末にコードを打ち込むと、軋《きし》みながら鉄扉が開く。

蛍光灯が瞬《またた》く。

コンクリートと無数の資料で覆われた空間が広がっていた。十メートル四方の立方体。打ち放しのコンクリートの壁には、おびただしい量の紙片が貼り付けられていた。注釈が書き加えられ、あるいは黒く塗りつぶされ、呪符の群れのような混沌《こんとん》を生み出している。資料同士は赤い紐《ひも》で有機的に結びつけられ、部屋中に張り巡らされ、空調の風でわずかに揺れていた。

そして、全ての紐の終着点、正面の壁に『彼』の写真が貼られていた。

一枚は正面から、一枚は振り返りざまを超望遠で抜いたもの。どちらも不自然に引き延ばされ、ひどく粒子が粗く、不鮮明だった。

黒姫《くろき》は据え付けられたスチールデスクからパイプ椅子を引き寄せ、写真の前に座った。

ここは〝彼〟のための祭壇だった。

今はまだ、対面することも、言葉を交わすこともできない相手。

彼の手触りをわずかにでも再現するために作り上げた部屋。

写真を見つめ、情報の海に埋もれながら、黒姫は彼の人物像に想《おも》いを馳《は》せた。いつものように、このコンクリートの空間に人物像を再現する。

姿。

中肉中背。特徴という特徴をそぎ落としたような外観。黒縁の眼鏡《めがね》を始め、あらゆる装飾品が他人の記憶に残らないような、地味なもので構成されている。

身長一六四センチ。もし並んで立てば、黒姫の方がわずかに高いことになる。

声。

スチールデスクの引き出しから、テープレコーダーを取り出した。（彼女はデジタルを好まなかった。数字の羅列となり、電子世界に流れ出て、秘密が秘密でなくなる可能性があるものを彼女は極力、遠ざけた。このオリジナルテープはこの場にある限り、完全に彼女のものである）。

再生を押すと、砂嵐のようなノイズの中に、彼の声が聞こえてくる。ぼそり、ぼそり、途切れる喋《しゃべ》り方《かた》。

これまでの一年で彼のプロファイリングは相当進行していた。それでも、いまだに彼の人物像については、わからないことの方が多かった。

今、どこで、何をしているのか。何を見、何を聞き、何を考えているのか。

テープを流したまま、黒姫は薫子《かおるこ》から受け取った封筒に手を伸ばした。

彼を追跡している班からの報告書だった。今、こうしている間にも、監視班は彼の動きを追っているはずだった。

黒姫は目を通し、舌打ちを漏らした。

予想通り、期待外れの内容だった。Ａ４用紙数枚に収まる、代わり映えのしない内容。

彼が休暇中にどのような行動を取ったのか、それが報告されていた。

NO.0000241 (1/3)

調査報告書

監視対象：凡田純一 ㊙

五月三日。

十時、起床（推定）。部屋からはテレビの音声が流れる。

正午、マンションを出立。近所の牛丼屋で昼食。

市内のアーケード街を散策。玩具店（資料３を参照のこと）にてプラモデルを購入。

午後四時、近所のスーパーに立ち寄ったのち帰宅。

午前零時、消灯。

五月四日。

十時、起床（推定）。部屋からはテレビの音声が流れる。

正午、マンションを出立。近所の牛丼屋で昼食。市内のアーケード街を散策。

午後一時、近所のスーパーに立ち寄ったのち帰宅。

午前零時、消灯。

五月五日。

十時、起床（推定）。部屋からはテレビの音声が流れる。

正午、マンションを出立。近所の牛丼屋で昼食。市内のアーケード街を散策。

近所のホームセンターで瞬間接着剤を購入。

午後四時、近所のスーパーに立ち寄ったのち、帰宅。

午前零時、消灯。

以上

「…………」

一体、これでどうしろというのか。

目新しい情報は何もなかった。ただの精度の低い情報の羅列である。

何を見て、何を見ないのか。何を聞いて、何を聞かないのか。諜報員《ちょうほういん》に問われるのはそのセンスである。命令を受け、何を望まれるのか判断できないようでは役には立たない。

それが何だ！

『プラモデルを買った』とは何なのか？

何のプラモを買ったのか分からなければ意味がないじゃないか！

心中怒鳴り散らしてから、黒姫《くろき》は立ち上がり、左手側の壁の前に立つ。唇に指を当て、資料に目を留《と》めた。

ガ○プラ。

ガン○ラに違いない。これまでの調査から、凡田《ぼんだ》君の趣味にアニメ鑑賞が入っているのはほぼ間違いないと結論が出ている。

監視により判明した凡田君の在宅時間とテレビの時刻表を比較すると、放送に合わせて確実に在宅していることがわかる。さらに集音マイクが独特のビーム音を捉えている。

録画をしない明確な理由はわかっていない。可能性としては「レコーダーを持っていない」、あるいは「ライブ感を大事にするタイプ」という説明がなされていた。

だとしてもだ。私が欲しいのは確実な証拠なのだ。

万が一、違っていたらどうする。ミニ○駆だったらどうするのだ。

「凡田《ぼんだ》君、ガ○ダム好きなの？」

「………？」

せっかく勇気を出して話しかけたのに『ぽかん』とされたら、私、もうちょっと耐えられないではないか！

「………」

一つの疑念が、黒姫《くろき》に落ち着きを取り戻させた。

何故《なぜ》、瞬間接着剤を購入したのか？

そもそも現行のガ○プラは、接着剤を使用しないはずである。では何に使用するのか。

郵便物から指紋でも蒸着させるつもりだろうか。

購入した店も気になる。凡田君がプラモを購入するのは家電量販店だったはずである。

その方がポイントがついてお得だからである。

しかし、今回は違う。資料には古ぼけた店舗が写っている。軒先で駄菓子も売っている個人商店である。

そのとき、黒姫の脳裏に一つの言葉が過《よぎ》った。

ガ○プラに絶版なし。

過去に発売された接着剤が必要なタイプのガ○プラも再販され、結構、買えるのである。

黒姫の白い指が赤い紐《ひも》を辿《たど》る。

連休前、凡田君はホームセンターに立ち寄っている。学用品を購入したのだと思ってそのときは気にもとめなかったのだが、ここに来てそれは大きな意味を持ち始めた。

物証が一つの線に繋《つな》がった。

おそらくこうだ。

凡田君は接着剤が必要なタイプのプラモを購入したのである。そのために前もって溶剤系接着剤を買っておいたのである。溶着によるパーツ成形に挑んだのである。それで失敗しちゃったのである。それで妥協して瞬間接着剤を買ってきたのである。

可愛《かわい》いなあ、もう！

黒姫は赤紐《あかひも》を小指でくるくるしながらその場で悶《もだ》えた。

凡田君は不器用なくせに背伸びしちゃったのである。与えられたもので満足しない向上心と、未熟な技術力のアンバランスさ。まあ、ちょっと飽きっぽいところもあるけど。しかし、撤退ラインを速やかに決断できるのはポイントが高い。

さて、この情報をどう扱うか。

黒姫は右側の壁に移動した。

そこには凡田君とお近づきになるためのロードマップが掲示されていた。

現在はフェーズ1。情報収集とプロファイリングの期間である。諸々《もろもろ》の事情により、すでに計画は半年遅れではあるが、挽回《ばんかい》する機会はまだまだあるはずだ。

新たな作戦立案に移る。黒姫はスチールデスクに着き、A4用紙を取り出した。

「それ……ガ○プラって言うんだっけ？　凡田《ぼんだ》君詳しいんだ？」

知らないふりをして凡田君から教えてもらうというスタンスである。

凡田君も趣味人である。きっと誰かにいろいろ話したくなることがあるはずだ。幸い、凡田君はぼっちである。興味を示せば、凡田君の関心を独占できるかもしれない。

しかし、この方法のデメリットは明確である。

話のきっかけがない。まず、そこまでいくためにある程度親しくならないといけない。それでは情報の持ち腐れである。

「凡田君、ガ○プラ好きなの？　実は私もなんだ！」

話のきっかけにする。

凡田君が何らかのプラモ情報を漏らした隙を逃さず、こちらから間合いを詰める。一見、全くそういったものに興味のなさそうな私が（実際ない）ガ○プラに興味があると知れば、凡田君に強い印象を与えるかもしれない。

こちらもデメリットがないわけではない。

ガ○ダムには無数の派閥があるという。凡田君がZだのVだのGだのWだの、そういった対立を恐れ却《かえ》って距離を取ってしまう可能性がある。凡田君はリスクを避ける安定志向なのだ。

その傾向はお昼ごはんにも現れている。

黒姫《くろき》は背もたれに身を預け、背後を振り返った。

凡田君のお昼ごはんのパターンが報告されていた。

いつもコンビニで買ってくる菓子パンである。ソーセージ系とカレーパンを軸にしたローテーション。滅多《めった》にパターンを変えることはない。

そこで、別の懸念が浮上してきた。

凡田君、少し栄養が偏っているのではないだろうか？　諸々《もろもろ》の事情で凡田君は一人暮らし、晩ご飯はスーパーかコンビニのお弁当である。それはこの連休中も変わらなかったらしい。

塩分、糖分、脂肪分、まんべんなく摂取しすぎである。

人生八十年時代である。健康には気をつけるべきである。

これに関しては、生徒会役員として何か手が打てるかもしれない。

たとえば全校生徒に向けて食生活の啓蒙《けいもう》活動を行う。生徒会会報に栄養と学業成績との相関関係を説得力のある形で示し、理想の食生活を提案する。……うーん、凡田君が読むかどうかわからないし、口うるさいと思われたら困る。あるいはキャンペーンを展開し、学食のメニューに栄養バランスのいいメニューを採用させる。……これも却下、凡田君はぼっちなので学食には寄りつかないのだ。もしくは……。

……私が、お弁当を手作りするとか？

黒姫はスチールデスクをばんばん叩《たた》いた。

いやー、それはちょっと早いってー！

せめて、もうちょっと親しくなってからだな。せめてフェーズ4まで進行してからだな。フェーズ1ではまだ早いな。

……でも、一応、シミュレートだけはしておこうかな。

「凡田《ぼんだ》君、また菓子パン食べてるの？　もう、栄養偏りすぎだよ？　こないだの健康診断でもクレアチニン値が高かったじゃない」

校内の健康診断にはクレアチニン値はでないというジョークで場を和ませると同時に、具体的な項目を挙げ凡田君に危機意識を持ってもらう。

「これは没収！　そのかわり……」

そう言って、お弁当を差し出すのだ。

黒姫《くろき》は妄想に耽《ふけ》りながら、ペン先を暴走させていた。

場所は……そう学校の中庭のベンチがいいかな。人目は結構あるけど。それで私が食べさせてあげたりして。「あーん♡」なんて……。

『お嬢様？』

ああああああああああああ！

突然唸《うな》りだしたスピーカーの声に心中の絶叫を押し込め、黒姫は紙面に爪を走らせた。

ニトロセルロースの計画書は一瞬にして炎に包まれ、消失していた。

『例の物が仕上がりましたのでお持ちしました』

「すぐに行く」

インターフォンに応える頃には、黒姫はいつもの心理状態を取り戻していた。

己の身体《からだ》・心理に関して、黒姫は完璧なコントロールを有していた。心拍数、毛細血管の収縮、体表面の温度、全ての微細な変化を表に出すことはない。

鉄扉を開けると、階段下のフロアに、運転手兼連絡役《クーリエ》の八木薫子《やぎかおるこ》が待ち受けていた。彼女はA3サイズの製図ケースを差し出してきた。

「どうぞ」

「御苦労、下がっていい」

一礼して、薫子は階段を上がっていく。黒姫はケースを手に室内に戻った。

あー、びっくりした。

八木薫子、組織内では〈八咫烏《やたがらす》〉の暗号名で知られる伝書使である。超一流のフィールドスキルを有し、黒姫の意思を組織に伝えるための情報網を管理している。

そして、油断のならない相手でもあった。表向きは黒姫付きの運転手であるが、同時に黒姫の監視役としての任を帯びている。黒姫の命令には己を捨てることも辞さないが、黒姫の存在が組織に仇為《あだな》すとなれば容赦なく刺す人間である。

主《あるじ》さえ欺く知性。八木薫子は賢すぎる狗《いぬ》であった。だがそうでなくてはこの組織の狗は務まらない。

それはともかく。

にへーっ、と口元を緩めた。

待ち望んだ物が手に入ったのだ。指紋を残さないよう手袋を嵌《は》め、ケースを開く。

「ああ……」

思わず吐息を漏らす。

一枚の写真。そこに自分と凡田《ぼんだ》君が一緒に写っている。今までにない鮮明な画像。望遠じゃなく、ちゃんと距離を整えて撮影した写真。

凡田君の顔もはっきり写っている。

写真の中の彼。黒姫《くろき》の顔がだんだんと近づいていき……

「ああ、忘れてました」

鉄扉が開き、薫子《かおるこ》が姿を見せた。

「両面テープが切れていたようなのでお持ちしました」

「…………」

固まる黒姫に、平然と薫子はたずねた。

「あと、伺いたいのですが、この暗証コードの『L・O・V・E・B・O・N・D・A』というのはどういうおつもりで設定されたのですか？」

「あああああああああああああああああ！」

「……声出てますけど」

絶叫をあげる黒姫。薫子は嘆息した。

名家・橘《たちばな》家の令嬢にして文武両道の完璧超人。陰では、諜報《ちょうほう》機関《御伽衆《おとぎしゅう》》を統べる〈翁《おきな》〉。

橘黒姫、十七歳。

彼女は今、ようやく迎えた初恋の真っ最中だった。

一、橘黒姫

1

「しばらく見ない間にまーた散らかして……」

薫子《かおるこ》は資料で埋め尽くされた地下室を見回した。

ここは凡田《ぼんだ》君対策本部である。

そもそも凡田君とは誰か？

それは橘黒姫《たちばなくろき》の初恋中の相手のことである。

この《御伽衆《おとぎしゅう》》総帥、〈翁《おきな》〉の名を継ぐ少女は、あろうことか、組織の一流の諜報員《ちょうほういん》を操って片想《かたおも》い中の少年を監視させているのである。

このことを知っているのは運転手兼伝書使《クーリエ》兼目付役の薫子だけである。

凡田君を追っている監視班の人間たちは、自分たちのトップが十七歳の小娘だとも、追っている相手がその小娘の片想いの相手だとも知らない。

顔を赤らめてスチールデスクの下にうずくまる黒姫をよそに、薫子は焼け焦げた繊維の屑《くず》を拾い上げた。

「フラッシュペーパーは燃やさないでくださいって申し上げたじゃないですか。いつかス

プリンクラーでずぶ濡《ぬ》れになりますよ。……何ですこれ？　一年前のテレビ欄？　こんなの必要ないでしょう？」

「駄目駄目駄目！　いま見てたんだから！」

壁の古新聞を剥《は》がそうとする薫子《かおるこ》を黒姫《くろき》が制止した。

「あ、また。テープレコーダー持ち出して。庭師の服部《はつとり》さんが探してたんですよ。『ラジオ体操ができない』って。返しておきますからね」

「それもいま聞いてたの！」

黒姫は薫子の手からテープレコーダーを奪い取ると、再び、スチールデスクの下に隠れ、恥ずかしそうに、それでいてどこか話を聞いて欲しそうな素振りを見せる。

薫子が見るところ黒姫は完璧に、

『恋に恋してる状態』

だった。自分が恋しているという状態が楽しくてたまらないのである。知られたくないと思う感情と、気持ちを持て余して誰かに話したくて仕方ない状態の狭間《はざま》で揺れ動く非常に面倒くさい状態であった。

薫子は机の上の引き延ばされた写真に目を留《と》めた。本当に見られたくないのなら、こんなところに置いてはおかない。黒姫ならそれくらい出来る。

薫子は、半分答えはわかっているようなものだが、あえて尋ねた。

「で、この写真は結局、何なんです？」

「……えへー」

薫子がたずねると、黒姫は、にへら、とスチールデスクの下でにやけた。

「知りたい？」

「…………」

「どうしようかな？　ちょっと恥ずかしいけど……でも……薫子にだったら話してもいいかな……」

それから上目遣いに、ちらっとこちらを見てくる。

……面倒くさい。

と思いながらも薫子は我慢した。一応上司と部下の関係性である。死ねと言われれば死なねばならぬ関係性である。

「……是非、伺いたいですね。五秒以内に始めない場合、すぐ戻りますけど」

「そう、ついに『輝ける朝の通学路』作戦が成就したの。これがその成果なのよ」

「ああ、あの……」

薫子はぼんやりと記憶の底から、その奇妙な名前の作戦のことを引っ張り出した。

2

『輝ける朝の通学路』作戦。

その端緒は今年四月某日に遡る。

当時、凡田《ぼんだ》君対策本部は停滞感に包まれていたのを記憶している。監視班から送られてくる情報にめぼしいものはなく、さらに情報量自体も先細りとなっていた。ロードマップの行程はすでに半年遅れとなっており、作戦責任者（つまり黒姫《くろき》）の批判の矛先は対策チーム（つまり薫子《かおるこ》一人）に向けられていた。責任者からは連日のように、情報の量・精度について不満が述べられていたが、それでも対策チームの反応は鈍かった。対策チームは、専従監視班を組織したものの、それ以上の積極的な関与は避けていた。チーム内では、これは自分の仕事ではないという考えが大勢を占めていたのである。

そんなある日、作戦責任者から対策チームに密命が下された。ある作戦の成否に関して綿密に検討せよ、というものだった。

それは次のような内容であった。

一、作戦目標の風貌を至近距離から写真に収めることは可能かどうか？

二、望ましいのは作戦責任者と目標が接近しているタイミングであるが、それが可能かどうか？

三、その写真を引き伸ばしてポスターにするのは可能かどうか？

当時、責任者の手元には作戦目標の写真は二枚しかなかった。

情報の収集とプロファイリング。それに責任者は異常なまでにこだわった。本格的な接触の前に、十分な情報と作戦が必要であるという認識であった。この作戦はそれを補完するためのものであった。

対策チームは第三項に関しては即座に、

「可能である」

という結論を下した。しかし、第一項・第二項については責任者の望む答えは用意できなかった。

「作戦責任者が接触するのであれば、直接責任者自身が盗撮すればよいのではないか？」

だが、その提案を作戦責任者は却下し、理由を述べた。

「対象は非常に警戒している。わずかな作為も対象の注意を引き起こし、目的が達せられない公算が高い。気付かれないことが絶対条件なのだ。また望む構図に収めるためには第三者、専任のカメラマンが必要になる」

気付かれないこと、それを作戦責任者は強調した。

対策チームはいくつか代替《だいたい》案を提示したものの、それが受け入れられることはなかった。

責任者としては、作戦はあくまで監視班が行わなければならないという認識だったのである。

以降、責任者と対策チームの間で数分間にわたる応酬があった。具体的には以下のようなやりとりがあった。

◆

「凡田《ぼんだ》君の写真がほーしーいーのー！」

「写真ならもうあるじゃないですか、二枚も」

「入学式に撮った集合写真とか望遠で抜いたやつじゃなくてちゃんとしたやつ！　……できれば、その……一緒に写ったのがいいなって……」

「普通に学校で撮ってくればいいでしょう？　『凡田くーん、一緒に撮ろー』、ぱしゃーって」

「駄目駄目駄目駄目駄目！　そんなの出来るわけないでしょう！　恥ずかしいし！　不自然だし！」

「何を照れてるんですか。気持ち悪い」

「それに凡田君、警戒するでしょ！　私は自然な表情の凡田君の写真が欲しいの！」

「わかりましたよ。じゃあ今からフォトショップで作ってきますから」

「……ふざけてるの？」

「ああ、ああ、ではこうしましょう。ちょうどまだ桜が咲いてますし、いつものロータリーのところで記念写真を撮影しますから。それから『薫子《かおるこ》、あなたも一緒に写りましょう？』『ですが本日は三脚を忘れてしまいました』『それは困ったわね』、となったところで凡田君が通りかかるように仕向けてから『ああ、そこの君、シャッターを押してくれないか？』『ありがとう、せっかくだから君も一緒にどうだね』とやったらどうですか？」

「……私が使用人と一緒の写真が欲しいと思うかしら？　不自然じゃない？」

「本気でおっしゃってるのはわかるんですが、私としてはだいぶ打ち解けてきたと考えていたので今の発言は相当に傷つきました」

「とにかく専従監視班になんとかさせて！」

「嫌ですよ。指示出すのもいちいち面倒くさいんですから。それに私はあなたの送り迎えの他にもいろいろやることがあるんです」

「はあ？」

「それに監視班がそんなに近づけるはずがないじゃないですか。お嬢様、ご自分でどんな指示を出したか憶《おぼ》えてるでしょう？　『接近厳禁、接触厳禁、住居侵入などの違法行為厳禁。凡田君に絶対気づかれちゃ駄目！』って」

「だって……もし、私が監視してるのに気づかれたら嫌われちゃうかもしれないし……」

「そんな悪条件で監視してる人間の身になってください。それなのに文句ばっかり言って」

「だ、大体！　監視班がちゃんとした情報送ってこないのがいけないんじゃない！　音声データだってまともなの送ってこないし！」

「だって凡田君《ぼんだ》、喋《しゃべ》らないじゃないですか。あ、テープレコーダーは持っていきますからね。庭師の服部《はっとり》さんに怒られるの私なんですよ」

「駄目！　いま使ってるの！」

「音声データなら用意したでしょう」

「アナログじゃなきゃ駄目！　凡田君、もしかしたら不可聴域で何か言ってるかもしれないじゃない！」

「凡田君、どんな生き物なんですか。とにかく、凡田君と一緒に写りたいならご自分で接近してくださいよ。データを用意してくれたら、いくらでも引き延ばしてあげますから。わかりました？」

「…………」

◆

黒姫《くろき》は対策チームの無責任さに呆《あき》れながら、それでも作戦の継続を望んだ。

問題はどうやって目標に接近するか。

黒姫と作戦目標には接点がなかったのである。

作戦目標はぼっちであった。「人間関係における陸の孤島」（関係者筋）だったのである。

ところが、転機は思いもよらない方向から訪れた。

生徒会の書類を整理していた黒姫は、過去に『朝の挨拶運動』が行われていたことを発見した。

これは生徒間での円滑なコミュニケーションを目的に、生徒会役員が校門に立ち「おはようございます」と声を掛けるという、コミュニケーションの発展には全く寄与しない全く無駄な企画であった。

しかし、黒姫にとっては千載一遇の好機であった。

もし、この『朝の挨拶運動』を復活させることができれば、自然に目標との距離を詰められる。生徒会広報紙のため撮影をしても不自然に思われない。一挙両得であった。

当然のことながら、生徒会顧問の小清水《こしみず》教諭はまったく乗り気ではなかった。安定して　そう、という理由で教職についた事なかれ主義の人間で、決断力、行動力は全く欠けていた。表面上は「それはいい考えね」とにっこり笑ったものの内心では「ええ？　変なこと言って余計な仕事増やさないでよぉ……」というのが透けて見えていた。

しかし、黒姫は普段の優等生の偽装をフルに活用して、小清水を追い込んでいった。

「みんな進学のことで頭がいっぱいかもしれません。でもこういうときだからこそ、生徒間のコミュニケーションが必要になると思うんです」

「そういえば、先生が顧問になられてからもうすぐ一年ですよね。生徒会広報紙で先生の活動を特集したいと思うんですが……」

「え、先生って写真部だったんですか？　すごーい！　じゃあ、広報紙に載せる写真、お願いできませんか？　私たちだとなかなか上手《うま》く撮れなくて……」

　学年主任へのアピールをちらつかせ、カメラ女子としてのプライドをくすぐった結果、『朝の挨拶運動』は復活し、小清水《こしみず》をカメラマンに仕立てることにも成功した。

　あとはいつ、どの門に立つかであった。

　双輪高校《そうりんこうこう》には三つの侵入経路があった。監視班の報告によると、厄介なことに凡田君《ぼんだ》はそれを使い分けていたのである。

　だが、黒姫《くろき》はその情報処理能力を遺憾なく、かつ無駄に発揮《はっき》し、凡田君の朝の行動パターンをかなりの精度で予測できるようになっていた。

　基本的に凡田君の行動経路は週刊コミック誌の発売日と相関関係にあった。それにコンビニの季節ごとのラインナップ、近所の工業高校の生徒たちの動向などの不確定要素が加わる。黒姫は『週刊少年リープ』の発売される月曜日に『朝の挨拶運動』を設定し、自らは東門で待ち受けることにした。


　こうして作戦にゴー・サインが出された。

　作戦には『輝ける朝の通学路』という名前が付けられた。

　中南米の武装組織に潜入してこいということではない。あくまで凡田君と至近距離でぱしゃーっとするためのものである。

3

「で、これがその成果なわけですか？」

「うん」

うっとりと引き延ばされた写真を見上げる黒姫の横で、薫子《かおるこ》は渋面を浮かべた。

なんというか、ただの朝の光景である。

朝日差す校舎を背に、小さな門を行き交う生徒たち。写真の中心にいるのは生徒会の襷《たすき》を掛けた黒姫だ。もう一方、肝心の凡田君は……。

「え？　どこです？」

「ほらほら、ここ！　こんなに近い距離で写真に収まるなんて奇跡的なことよ！」

黒姫が指さす。

確かにいた。眼鏡《めがね》を掛けた猫背の男子生徒が目立たないように写真の隅にいた。ただ一緒に写っているというより、見切れているに近い。

「それでね！　それでね！　みんなに『おはようございます』って声掛けるでしょう。私、勇気出して凡田君を意識しないように『おはようございます』って言ったらね、凡田君、小さな声で『……よう……ます』って返してくれたの！」

「………」

「ちょっと大胆すぎたかな？　もうちょっと慎重にいってもよかったかな？　ね、どう思う？」

はしゃぎながら言う黒姫《くろき》に、薫子《かおるこ》は渋面を浮かべてからたずねた。

「……凡田《ぼんだ》君の監視に今までいくら掛かったかご存知《ぞんじ》ですか？」

「さあ？」

「四月の段階で二〇〇万くらいです。もちろんＵＳドルで」

「…………」

「この写真を撮るために二億円掛けた計算ですよね？」

薫子が言うと、話の流れを敏感に感じ取ったのか黒姫は目を伏せた。

「そろそろ監視班を引き上げさせてフェーズ２、接触を図るべきだと思うのですが？　そもそものための監視班ですよね」

「…………」

「半年前にはもう、凡田君に声を掛けている予定でしたよね？　遅れを取り戻すためにはそろそろ次の段階に移行しないとまずいですよね？」

黒姫は両手をもじもじさせた。

「それは……まだ……情報が十分に集まってないし……プロファイリングもまだだし……」

「凡田君を掘ったところでこれ以上、情報が出てくるわけないじゃないですか」

「そんなことない！　なんというか……とにかく接触するための決定的な情報が足りないの！」

「もう普通に接触してくださいよ。凡田君の教室に行って話しかけるだけじゃないですか」

「接点もないのに警戒されちゃうじゃない！」

「接点はあるじゃないですか。同じ学校、同じ学年なんですから」

「違うクラスで違う性別だったらもう接点がないと同義なの！　ベルリンの壁で隔たってるの！　人間関係における陸の孤島なの！」

「……………」

これである。

奥手なのである。

理由をつけては直接的な接触を拒むのである。

この一年間、情報を集めるばかりで行動を起こさないのである。部下に秘密裏に情報を集めさせては、その成果を壁に貼るだけで、全く進展しないのである。

世の中に蠢《うごめ》く金持ち連中は平気で脅すくせに、片思いの相手には臆病なのである。

情報に埋もれてそれで満足してるのである。やってることは快楽殺人者《シリアルキラー》と変わらないのである。

「いい加減、監視班も引き上げさせましょうよ。それでなくたって人手不足なんですから。一流の人材をこんなつまらないことに専従させとくわけにいかないでしょう？」

薫子が嫌味《いやみ》たっぷりに言うと、黒姫はどこか遠くを見上げて尋ねた。

「……昨期、私、どれくらい稼ぎましたっけ？」

「十億くらいですね。USドルで」

「じゃあ、二億円くらい私用で使ってもいいですよね!?」

「ちゃんとした企業ではないですから何とも言えませんが、たぶん駄目だと思いますよ。幹部連中に知れたら失脚ものです」

黒姫《くろき》は両の拳をぶんぶんと振った。

「みんなだって経費掠《かす》め取《と》ってるじゃない！　私、ちゃんとわかってるんだから！　それなのになんで私だけ駄目なの!?」

「………」

これである。

すぐにふて腐れるのである。下手《へた》をすると、サボタージュをにおわせるのである。

それは薫子《かおるこ》としては非常にまずいのである。

黒姫は組織の中核、というより組織そのものなのである。

はっきりいって、彼女の人心掌握能力・対人分析能力がなければとても今のような業績を出すことはできないのである。黒姫がへそを曲げて逃げ出すようなことがあったら（そうなったらたぶん見つからない）、推定二万を超える諜報員《ちょうほういん》たちが路頭に迷うのである。

目付役の薫子としては、黒姫の機嫌を取りながら、何とか組織の運営をしてもらわなければならないのである。だから、幹部連中にも伏せ、全てを秘密裏に凡田《ぼんだ》君を監視しているのである。

「とにかく！」

黒姫が言い放った
「もっと情報を集めるように伝えて！　本気でやるようにって！」

「はいはい。了解しました」

薫子は部屋を辞して、階段を上がっていった。

あの凡人を具現化したような退屈な男子生徒を、何も知らされずに真剣に追っている監視班に同情しながら。

間章、ある凡人のモンタージュ

「あれ？　人数足りなくねーか？」

「全員入ってるだろ。ぴったり六人の班、三つ出来てるけど」

「うちのクラス、男子は十九人いたはずだろ。ぴったり割り切れるわけないだろ」

「でも、全員いるだろ。赤月《あかつき》……井上《いのうえ》……宇津木《うつぎ》……」

「ああ『凡人君』！　凡人君のこと忘れてたわ」

「？　何、凡人って」

「凡田《ぼんだ》、凡田純一《じゅんいち》。いやすっかり忘れてた。あいつ影薄いんだもん」

「そうじゃなくて、『凡人君』って何？」

「ほら、あ、川上《かわかみ》は知ってるよな。入学してきたとき、あいつにあだ名つけたじゃんか。凡田純一、略して凡人って」

「略したらボンジュンだろ、全然、上手《うま》くねーし」

「オレがつけたわけじゃないんだって」

「で、凡田どこの班いれんの？」

「いいんじゃないの、適当な班いれとけば。どうせ友達いないだろ。ジャンケンで決めようぜ」

◆

組織の監視者、〈戌《イノコ》〉が見るところ、凡田純一とは『イケてない男の子』だった。中肉中背。猫背の、覇気のない、運動とは無縁の体。そんな必要があるのかというくらい太いフレームの黒縁眼鏡《めがね》。髪がぼさぼさなのは滅多《めった》に散髪にもいかないからで、それは極度の人見知りで理容店に行くのにも一大決心が必要だからだと推測されていた。

教室ではいつも一人。友人は一人もいない。クラスにはいわゆる『オタク』のグループもあるのだが、そこにも居場所がないらしい。新学年に入ってすぐの一時期はトイレで昼食を摂《と》ることもあり、〈戌〉ははじめて便所飯というのを実際にやる人間がいるということを知り、衛生上、それは止《や》めたほうがいいとも思っていた。

今日も凡田君は会話らしい会話もせず（授業中、教師に一言二言応えることはあったが、それは会話というよりは発声である）、いつものように何事もない一日を終えようとしていた。

どうしてこのようなただの高校生を監視しなくてはならないのか。長時間の監視のうちにはどうしても、余計な考えが頭をよぎる。

しかし、その理由を誰かに問うたことはない。

『決して、組織の意図を詮索してはならない』

この組織には様々な掟《おきて》があり、それはその一つだった。組織の役割は極度に分割されていた。現場の人間に求められるのは命令に対する遂行であって、何故《なぜ》、どうして、というのは無用とされた。

その根底にあるのは『徹底』だった。

個を消し、諜報《ちょうほう》機械と化し、組織の一部となる。その徹底は監視者の偽装にも及んだ。自らの本性を捨て、偽装そのものとなるのだ。

そして、暗号名〈戌《イノコ》〉にとってそれは学校近くのアパートの一室を借り、徹底した主婦の偽装として過ごすということだった。

同居している情報員を凡田《ぼんだ》君が登校する数時間前に送り出し、自分は凡田君の登校を見届ける。日中、凡田君が学校にいる間はそれを監視し続ける。

そういうわけで現在、〈戌〉はワイドショーを流し見しながら、ベッドの上で伏射《プローン》の姿勢になり、カーテンの隙間から望遠レンズ越しに学校を監視していた。

あまりにも変化のない日常。

この生活を始めて一年。得たものといえば、すっかり芸能情報に詳しくなったことくらいだ。このまま元の生活には戻れないのではないか、と考えることもあった。

学校では清掃の時間が終わろうとしていた。

監視対象が学校を出れば、今日の任務は終了である。あとは外で待機している他の情報員どもに凡田君がどの校門から出るかを伝えるだけだ。

〈戌〉は連絡の準備を整えた。洗濯物を取り込み、買い出しの準備を始めた。

今日の夕飯を何にしようか、そう考えながら。

◆

組織の監視者〈申《マシラ》〉にとって、凡田純一《じゅんいち》とは『面倒くさいガキ』だった。

とにかく監視しづらいのだ。

常に猫背、髪も伸び放題で、顔が確認できない。道の端を、物陰に隠れるように歩く。そもそも気まぐれで登校・下校時も様々なルートをとる。なかなか開けた場所に出ず、写真を撮るのも一苦労だった。

さらに面倒なのがこいつは真《ま》っ直《す》ぐ帰らないのだ。

一体、何でそんなに無駄な時間が使えるのかというくらい寄り道するのである。

本屋、ホビー系リサイクルショップ、ゲーセン、家電量販店。確認されている趣味はプラモ、ゲーム、釣り、アニメ鑑賞……。多趣味といえば聞こえはいいが、単に集中力とか根気がないだけではないか。

両親は離婚。父親に引き取られたが、その父親は海外に単身赴任中。放置されていることをいいことに、毎日、だらだらと過ごしているのである。

「全く、上は何が知りたいんだよ。こんなやつの……」

尾行中の車内、〈申《マシラ》〉は言いかけ、運転席からの鋭い視線を感じ、黙った。

暗号名〈雉《キジシ》〉、今は通称『田島《たじま》さん』。やけに陰気な組織の監視者である。

別にこいつが怖いわけではない。組織が知らせようとしないことを勘ぐることは、組織に弓引くことと同意義だからだ。だから、まあ、怖いっちゃ怖いんだが。

組織には掟《おきて》があって、組織の意図を詮索してはならないというのもその一つだ。他には無線の使用は最低限、連絡にはネットを介さない、偽装を徹底して行え、などがあった。『徹底』というのが組織のモットーであり、運転席にいる『田島さん』はその権化《ごんげ》だった。

二人が偽装しているのは、組織が運営しているペーパーカンパニーの一つだった。

各家庭を回ってデータベース化された百科事典を売るという、どこに需要があるのかわからない謎の事業を運営していた。この〈雉〉はそんなくだらない仕事にもクソ真面目《まじめ》な杓子定規《しやくしじようぎ》ぶりを発揮《はっき》しており、一緒に組まされている自分は大変に迷惑していた。

「目標がアーケードに入った」

運転席で〈雉〉が言った。

凡田《ぼんだ》君は今日も真っ直《ま》ぐ帰《す》らず、街中の商業施設に入っていく。〈申〉は車が停《と》まるやいなや、ドアを開けた。

「はいはい、じゃあ、行ってきますか」

「もう一度、観測規定を繰り返せ」

「接触厳禁。接近厳禁。住居への侵入禁止。夜間の監視禁止。法に触れる行為は大体駄目」

「行け」

さらに問題をややこしくしているのが。組織からの指示だった。

接近厳禁。接触厳禁。住居侵入厳禁。盗聴禁止。郵便物の窃盗禁止。

あまりの禁止事項の多さに、ただの嫌がらせなのではないかと勘ぐることもあった。出来ることといえば遠巻きに眺めるくらいだが、あいにく自分は仕事が減るぶんには文句はない。

凡田君は本屋に入っていく。

凡田君は意外なことにネット通販を使わない。

プライマリー・メンバーシップの年会費と時間指定の料金をケチったばっかりに不在票を入れられたことがあった。その折、再配達依頼の電話をするのが相当プレッシャーだったらしく、二度と利用していない。その代わり、ポイントが付くこの本屋で購入するようになったのだが。

そして、三〇分が経《た》った。この店には出入り口が一つだけだから、撒《ま》かれる心配はないのだが。さっそくうんざりしつつ、店外から様子を窺《うかが》う。

携帯が鳴った。

〈申〉は画面を一瞥《いちべつ》し、背後の喫茶店に〈雉〉がいるのを見つけた。どこかに車を停め、ちゃっかりお茶をしていたらしい。

何気ない様子で合流し、コーヒーを注文した。飲んでる暇があるかわからないが、いつもの調子ならあと三〇分は出てこないはずだ。

「今日、何かの発売日か？」

「リープコミックスだ。おそらく『くれたん♡らばー』が目当てだろう」

「ああ、あれ……」

〈雉《キジシ》〉が真面目《まじめ》な顔で、少年誌で連載してるちょいエロで売ってる漫画のタイトルを挙げた。

　ということは凡田《ぼんだ》君はエロい漫画を買う度胸がなかなか出ず、店内をぐるぐる回っているということなのか。大の大人《おとな》二人がそれが終わるまで待ち受けているということか。あまりの馬鹿らしさに考えるのをやめた。

　躊躇《ちゅうちょ》するのはいいのだが、そのせいで私服警備員にぴったりマークされている。凡田君は知らないだろうが、優柔不断さと挙動不審さが相まって、とっくの昔に警備員に目を付けられているのである。凡田君は二重に監視されているのだ。

　ほら、凡田君。さっさとしろ。心の中で呼びかける。

　そろそろシフトが変わるころだ。夕方から十時頃まではこの近所の私大の学生が多い。その中に、結構可愛《かわい》い子がいて彼女がレジに立つ曜日だ。この一年で、そういうことだけ詳しくなってしまった。

「ほれ、余計買いづらくなるぞ」

　凡田君がようやく決心がついたのか、レジに向かったときには例の可愛い子がレジに入るところだった。対象は不自然な反転運動をし、コミックスを平台に戻し、そそくさと本屋を出る。

思わず、噴き出しそうになり、〈雉〉が睨《にら》みつけてくるのを感じ、慌てて顔を背けた。

それから任務中にしばしば襲ってくる倦怠感《けんたいかん》をおぼえた。

一体、報告書には何て書けばいいんだ？

◆

午後五時五十五分。凡田純一《じゅんいち》は自分のマンションに辿《たど》り着《つ》いた。

ドアを閉める。鍵を掛ける。ドアガードを掛ける。

ドアに体を寄せ、耳を澄ませる。廊下に足音は聞こえない。車道に通り過ぎる車のエンジン音は聞こえない。

携帯を取り出す。バックライトを頼りに、下足置きを照らす。砂埃《すなぼこり》に刻まれたランダムな模様は朝と変わりない。

キーホルダーを捻《ひね》ると赤いレーザーが輝く。これは一時期、カプセルトイとして販売されていたレーザーポインターで、出力が高すぎたために販売中止となったものである。レーザーでキッチン前の廊下を照らす。肉眼では見えない足跡のパターンがフローリングに浮かび上がる。これも朝と変わりない。

室内へ。

テレビのスイッチを入れる。これは指向性マイクによる傍聴を防ぐための古典的な手段である。それに疑念を持たれないよう、『凡田純一《ぼんだじゅんいち》』は夕方からのローカル局のアニメ再放送の鑑賞を習慣にしていた。窓をチェック、セットしておいた楊枝《ようじ》片に変化なし。洗濯物を入れる。路地を見下ろす。違法駐車はなかった。怪しげな白いワゴン車はなかった。

戸締まりをし、カーテンを隙間なく閉め、父親の部屋へと入る。主《あるじ》の存在しない部屋。もちろん、変化はなかった。

玄関に戻る。

郵便受けの上を扇《あお》ぎ、臭いを確かめる。紙の匂い。意を決して受け口を開く。爆弾、あるいは化学薬品が仕込まれた郵便物はなく、本来無害であるはずの封書が二通入っていた。何故《なぜ》、無害かといえば、それらの送り主は自分だからだ。投函《とうかん》した二通の封筒とも盗難されることなく、自分の元へ戻ってきた。

キッチンから取ってきた使い捨てビニール手袋を嵌《は》め、封書を手にした。

リビングに戻る。机の上で手紙を開封した。中身は特に内容のないダイレクトメールである。ただし、紙には加工がしてあり、指紋や痕跡が残りやすくなっていた。

レーザーを横から当てる。封筒からは複数の指紋が目視できた。一つには見覚えがある。おそらく配達員だ。中身の方には痕跡はない。アクリルの下敷きをフィルター代わりに当ててみたが、誰かが触れたような跡は見つからない。

透明なビニール袋の中に封筒と器具一式を入れ、カッターで慎重に封筒を切り開く。炭《たん》疽菌《そきん》などの残留物は目視できず。

いつもはプラモデルを作成するときに使用している工作用のルーペを掛けた。手紙、封筒をライトを当てながら観察する。やはり、指紋・残留物はなし。念のためハンディクリーナーをかけ、ダストカップを確認するも何も見つからなかった。

ここまでの情報から導き出される仮説は、誰も手紙を盗んでいないし、開封もしていないし、何も仕込んでいないということである。

だが、凡田純一の直感はこう告げていた。

何者かが俺を監視している。

二、凡田純一

1

凡田純一《ぼんだじゅんいち》とはどのような存在であるのか。現在、必要な情報のみを開示する。

1、そもそも『凡田純一』という人間は存在しない。
2、『凡田純一』とはあるエージェントによって創られた偽装経歴である。
3、『凡田純一』が創られた目的は複数の組織の追跡から逃れるためである。
4、よって『凡田純一』のデザインに求められたのは日常空間における隠密《おんみつ》性であった。
5、目立たず、敵を作らず、誰からも相手にされない。それが『凡田純一』という人間である。

◆

盗聴の可能性を考え、凡田は不自然な音を出さないようにバスルームへと入った。
壁に手を当てる。昨日から使用せず、バスルーム内は十分に乾燥していた。指紋検出、特にシアノアクリレートには乾燥し、密閉された空間が好ましい。

器具を用意する。ジオラマ用、と称して手に入れたアクリル性水槽。プラモの彩色用、と称して手に入れたアルミ製の小皿。パーツの溶着に挑戦したものの生来の不器用さのために失敗し慌てて購入した、と偽装した瞬間接着剤。趣味をプラモに設定したのは凡田純一の偽装に沿ったものであると同時に、さまざまな工具・有機溶剤を自然に手に入れることができるからであった。

鍋を楽しむため、という名目で用意した電熱器を延長コードに繋《つな》ぎ、加熱する。

その間に、凡田は準備を整える。水槽に釣り糸で郵便物を固定する。コンビニ袋を接着して作ったマスクを着用する。

まず、ヨウ素による検出を試してみる。

洗面台のうがい薬を小皿に移した。もし指紋が残されていれば、蒸着したヨウ素がタンパク質に反応し褐色に変わるはずである。

結果、封筒の外には複数の指紋が検出された。封筒の内部、手紙には触れられた痕跡はなし。

凡田は一度外に出ると、ルーペでその指紋を目視し、記憶する。空気に触れるうちにヨウ素による着色が消えると、再び、バスルームへと入った。

今度は瞬間接着剤を試す。

電熱器にあぶられ、小皿内の瞬間接着剤が気化する。水槽内に吊《つる》された封筒、手紙に残された水分に薬剤が蒸着する様を、凡田《ぼんだ》は化学物質で満ちたバスルームに留《とど》まり、じっと凝視していた。

故あって、彼は追われていた。

誰にも話せないが、かつて彼はある組織に属していた。諜報《ちょうほう》機関である。彼はそこで数年間、働いていた。どのような仕事であったのか、話せないし、話したくもない。

数年前から彼は組織から逃げることを考えていた。理由は複数あるが、一言で説明すれば『疲れた』からである。

だが、組織からの離脱は命を狙われることを意味する。

所属していた組織からだけではない。かつて敵対した組織、被害を与えた組織からも命を狙われていたのである。CIA・FSB・MI6・BNDといったいわゆるスリー・レターズを始め、世界各地のゲリラも反政府組織も非合法営利組織も、彼の命を狙い、常時、賞金を掛けていた。

準備には慎重の上に慎重を期した。

逃走資金のため、彼は予算を水増し、あるいは作戦中に得た金品を着服した。

逃走先も熟考された。

日本・双輪市《そうりんし》を選んだのは自身の外見上の問題もあったが、他にも利便性が高かったからだ。経済特区という側面から人の出入りが多い。付近に空港、港湾を備えた物流の拠点であり、紛れ込みやすく、逃げやすい場所であった。

最も神経を使ったのは偽装経歴に関してであった。

完璧な偽装はない。偽装は無数の輪から成り立つ鎖のようなもので、その一つの脆弱性《ぜいじやく》によって全てが崩壊してしまう。

だからこそ、リスクの数自体を減らすことが彼の基本方針だった。

目立たず、興味を引かず、誰の意識にも上らない存在。誰の敵にもならず、誰の味方にもならず、空気のような存在。それは常々、彼が臨場活動《フィールド・ワーク》において望む姿だった。

およそ二年前、ついに逃走は実行に移された。

高校生・凡田純一《じゆんいち》という新しい人間に生まれ変わったのだ。


そしてこの一年間、凡田は平穏な学生生活を過ごしていた。

表向きは何事もなかった。少なくとも逃げる必要を確信させるような物証は出なかった。

部屋への侵入者なし。盗聴器の設置もなし。郵便物の盗難もなし。電話盗聴の気配もなし。

今日もそうだ。無限ではない資金と偽装経歴の強度を犠牲にしながら資材を調達したのにもかかわらず、指紋から新たな情報は得られなかった。

それなのに工作員としての本能がずっと危機を告げていた。

自分が何者かに泳がされている気配が、終始、感覚に纏《まと》わり付《つ》いて離れない。

どこにミスがあったのか？

いつものように凡田《ぼんだ》は机で課題を進めながら、今日一日のチェックを始めた。

2

早朝、通学路。

学校へどのルートを通るか。それは偽装の強度と生命の保障という矛盾の中にあった。偽装という面から見れば、ルートは固定すべきである。余計な行動を取ればそれだけ人目を引く可能性があり、偽装で説明できない部分も現れてくる。

だが、安全保障面から見ればルーティンは最も狙われやすい部分である。狙撃、誘拐、爆殺。固定された行動は敵にアドバンテージを与えてしまう。

また、リスクを避けるためにはどこを歩くかが重要であった。

建物へ正面から近づかないこと。視界の開けた場所に出ないこと。臨場において狙撃を回避するための鉄則であった。

凡田はその矛盾を解決しなければならなかったが、そこでも凡田の偽装が役に立った。

漫画雑誌の発売日、コンビニのラインナップ、近所の工業高校のヤンキー。

それらを理由に凡田は不自然に思われない、複数の登校ルートを手に入れることが出来た。

異変があったのは学校付近だった。

普段、聞き慣れない声が校門から聞こえてくる。わずかに顔を上げ、凡田の胃が引きつった。

写真撮影……！

誰かがカメラを構え、登校中の生徒たちの様子を撮影している。

何故《なぜ》？　警戒心が一気に高まった。記憶がフラッシュバックし、砂漠の投票所が重なって見えた。砂まみれの四輪車、自動小銃を構えた髭面《ひげづら》の兵士たち。記者を装い、投票へやってくる人間の顔を撮影する政府情報機関の職員。

幻覚から立ち戻り、前髪の隙間から様子を窺《うかが》うと、カメラを構えているのは担任であり、生徒会顧問の小清水《こしみず》だった。カメラを向けているのも生徒会の襷《たすき》を掛けている二年生、橘《たちばなくろき》　黒姫の周辺だった。

そこで理由に思い当たった。

生徒会による『朝の挨拶運動』である。写真撮影は、生徒会広報紙の記事のために行われているのである。

だとしても、写真を撮られることは危険だった。

まだ、凡田には整形の痕が残っていた。凡田純一《じゅんいち》の偽装に従って、髪を出来るだけ切らず、フレームの厚い眼鏡《めがね》で隠していた。一応、偽装経歴上は小学生の頃に交通事故に遭ったことになっていたが、疑念は避けるに越したことはない。

凡田は小清水から距離をとり、人波に紛れ校内へと侵入した。

日中。

凡田《ぼんだ》に友人はいない。学校ではほとんど会話することなく一日を過ごしていた。

目立たないこと。それは凡田の望む姿だった。

誰の敵にもならず、誰の味方にもならず、誰の意識にも上らない。学校内のコミュニティにおいて凡田は己を空気と同化させることに成功していた。

だが、その平穏を手に入れるには多くの困難を乗り越えなければならなかった。

高校。おそらくは人生のうちで最も自意識の高まる時期を迎えた集団の中に潜入するのである。どの集団に付き、どの集団を敵に回すか。スクールカースト入り乱れる、フランス革命下のパリもかくやという戦場である。

凡田は細心の注意を払い、この難題に取り組んだ。

凡田は千人近い学校関係者のほとんどを記憶している。生徒であれば名前と顔、身体的特徴、所属部活動・委員会活動、出身中学。教職員であれば学歴・経歴などが加わる。

記憶すること自体は簡単なのだが、単独で情報を集めることが難しかった。あくまで凡田純一《じゅんいち》の偽装の上で怪しまれないように情報を収集しなければならない。幸い、同級生に関しては入学時の集合写真があったので、最初の三日で顔と名前を一致させるところまでは持っていけた。

その情報を基に、各個人のリレーションを完成させていった。

休み時間、クラス内で囁《ささや》かれるゴシップは貴重な情報源だった。噂話《うわさばなし》に耳を傾け、情報を補足していく。ホワイトボードに貼り付けられた写真と張り巡らされた赤い糸。誰が誰と繋《つな》がり、コミュニティを作り上げているのか。誰が何に関心を持ち、それを避けるためにはどうすればいいのか。

脳内のホワイトボードに貼り付けられた写真群、そこに張り巡らされた赤い糸。

精度の低い雑音の集合体から、身を守るための情報に構築するのに、工作員としての情報処理能力が役立ったのは言うまでもない。

放課後。

凡田はいつも通り、『寄り道』をするために街中にある商業施設へと向かった。『帰宅部』という偽装の裏付けとするためだが、一方、監視者があった場合、尾行を困難にするためでもあった。

生徒たちの群れに紛れ、凡田は西門から駅への下り坂を歩いて行く。

前髪の奥から通りを観察する。行き交う車の車種、ナンバーを一台一台、確認していく。

角に停《と》まっている車を見かけ、緊張が高まった。

見覚えがあった。双輪《そうりん》ナンバーのステーションワゴン。白の車体に『双輪販売』の社名と電話番号。背広姿の二人組が乗っている。車は低速でゆっくりとこちらに近づき、ドアが急に開き、自分の体は車内に押し込まれて……。

危機感が見せる幻覚を何とか振り払い、凡田《ぼんだ》は平然と歩き続けた。

見覚えのあるのは当然である。ここは数万人の生活圏内なのである。あの車を所有する会社は一般家庭に分冊辞書を販売する企業で、きちんと登記もされている。

凡田は動揺を微塵《みじん》も外には出さず、そのまま通り過ぎた。

監視者たち（もしいるとするならば）に、こちらが警戒していることを知られてはならない。普通の男子高校生としての偽装を徹底しながら逆監視を行わなければならない。一挙手一投足が偽装通り、『優柔不断で臆病な男子高校生』でなければならない。

この『双輪《そうりん》ショッピングアーケード』はそれに適していた。凡田が行きそうな書店、玩具店、ホビー系リサイクルショップが出店しており、かつ込み入っており、死角も多い。満足な尾行は難しいはずだった。

凡田はエスカレーターに乗り込んだ。二階へと上がり、着いた瞬間、財布に現金があるかどうか確認し、ないとわかると一階のATMに向かうため、今度は下りのエスカレーターへと乗り込んだ。

尾行者はない。こちらの急な行動に反応する人間はいない。

尾行者は用心深いか、あるいは、そもそも存在しないか。

凡田は書店へと向かった。

表向きは本日発売予定のコミックス『くれたん♡らばー』を購入するという偽装上の理由があり、偽装の範囲内で警戒を行うことが出来る。

なお、凡田純一《じゆんいち》はネット通販を利用しない。

ネット上に痕跡を残さないためである。ネットに上げられた情報は各情報機関に筒抜けである、という前提のもと凡田は行動している。そのためにネットを利用しない理由を用意した。時間指定を行わず、不在票をあえて入れさせたのもその一環である。

そして、凡田純一の優柔不断な性格が役に立つときが来た。

店内に入り、平積みとなっているコミックスのコーナーへと近づく。少女がきわどい格好をしているカバーイラストである『くれたん♡らばー』五巻を目視する。

凡田純一は偽装通り、購入を躊躇《ちゆうちよ》した。ちょいエロコミックを買っているところを知っている人間に見られたくないのである。凡田はそういう他人の目を気にする男子高校生なのである。

機を窺《うかが》うふりをして、奥の参考書のコーナーへと入る。

不用意に近づいてくるものはいなかった。私服警備員の柴田《しばた》さんがマークについただけである。

去年の段階で凡田は彼の警戒対象になっていた。あえて不審な行動を見せつけることで、凡田の周囲に注意を払わせているのである。

定点観測者がいる場合、その地域での作戦難易度は跳ね上がる。彼らは異物を即座に発見する技能を持っている。もし、凡田を尾行している者が不審な行動に出れば、柴田さんが気付くはずであり、反応があるはずである。

しかし、不審者は凡田《ぼんだ》だけであった。

レジがアルバイトの大学生に代わったところで、何も買わずに書店を出た。

3

チェックは全てクリアだった。

事件は起きていない。住居に侵入されてはいない。郵便物はいじられてはいない。

それなのに次から次に懸念が押し寄せてくる。

下校時に見かけたあの男、どこかで見たことがある。それは当たり前だ。自分だけがアーケードに出入りしているわけではない。同じ場所にいれば、見る顔も同じである。

通りかかったステーションワゴン。あのナンバーも見たことがある。もしかして尾行されている？　しかし、あれはこの付近にある実在の会社だ。住所も登記も確認してある。それに同じナンバーを見るのはあの車だけではない。何度も検討し、そう結論を出したはずである。

『朝の挨拶運動』は、本当に偶然だったのか？

何かの偶然だったのか、橘《たちばな》黒姫《くろき》がわずかにこちらに寄ったような動きを見せなかったか？

この世界に偶然は存在しない。

臨場においては、常に周囲に疑念の目を向けることが生命線であった。

この世界に偶然は存在しない。

もっと感覚を研ぎ澄ませろ。何か兆候はなかったのか……！

フラッシュバックが起こった。

砂漠、密林、コンクリートの檻《おり》。人の目。目。目。全ての目がこちらを見つめている。疑っている。自分の正体を見抜いている……。

突然の、偏頭痛《へんずつう》。凡田は机を離れ、洗面所に入り、流した水に頭を突っ込み、頸椎《けいつい》に水を浴びた。

自分が偏執症《へんしゅうしょう》だということは間違いない。

常に誰かに監視されているような気がする。気がするだけだ。努めて普通に振る舞っているはずである。振る舞いに傷はないはずである。

客観的な事実はない。物証はない。

それなのに、懸念が離れようとしない。本能は告げている。何者かに監視されていると。

逃げるか、留《とど》まるか。結局、それが問題だった。

逃げることとは全てを台無しにすることである。

偽装経歴の鎖の輪は多方面に渡っている。自分が離脱すれば、それは他の輪に影響を与えてしまうことになる。

また、動くこと自体が目を引く可能性がある。プレッシャーに反応し、逃げたのなら、それは答え合わせになりかねない。

逃走資金の枯渇。それも判断を遅らせている原因の一つだった。

逃走資金はほとんど残っていない。偽装の形成、整形費用、物資調達に消えてしまった。もう一度、偽装を作り直し、別人になりきることは不可能である。

今の自分に正確な判断が出来ているのか？

単独行が判断に悪影響を与えていることは間違いない。

今までも単独潜行の経験はあった。しかし、今の状況はそれとは全く違う。補佐してくれる人間はいない。組織のバックアップもない。あらゆるものを敵に回し、全て自分で考え、判断しなくてはならない。

六畳のフローリングに戻った。

嘘《うそ》で満《み》ち溢《あふ》れた空間。雑多な物品は、どれも『凡田純一《ぼんだじゅんいち》』という人間を実在させるために必要な物だった。偽装に必要なものを削《そ》ぎ落《お》としていく。そこには何も残らないだろう。

それでも。

ここには自分の望むものがあった。

自分の望む、全てのものがあった。

4

夜十時。パーカーを羽織り、凡田はマンションの裏口を出た。

近所には大学のキャンパスがあり、この時間であってもまだ人通りは多い。それが、このマンションを選んだ理由の一つでもあった。

凡田は夜間の外出には自転車を使わないことにしていた。職質の際、防犯ナンバーを控えられるためである。徒歩であっても職質の危険性はあったが、今のところは上手《うま》く逃げ続けている。最悪、そういったときに備え、偽装した私大の学生証を用意してあったが使わないに越したことはない。

やがて、駅前のゲームセンターに辿《たど》り着《つ》いた。

地下一階、人はまばらだった。風営法対策のダーツエリアを抜け、凡田はカードゲーム筐体《きょうたい》の近くにあるトレード掲示板の前に立った。

自分が書いた用紙を見る。

『SRダヴー⇕Rマリー・アントワネット』

いわゆる鮫《さめ》トレである。レアリティで言えば一見、大幅に譲歩しているように見えるが、こちらが提示しているのは旧弾の特に人気のないカードであり、トレード候補に挙げているのは新バージョンの中でも特に環境を席巻《せっけん》している、しかも女性のイラストの人気カードである。レアカードの希少性を全く考慮しないアンフェア・トレードであり、通常なら全く反応がないのが当然のオファーだった。

しかし、自分が書いた紙に、誰かが書き込んだ跡が残されていた。それを確認すると、リズムゲームのコーナーに移る。荷物置きのプラスチック籠に景品用のビニール袋を入れた。

ゲームをプレイしていると、やがて、一人のプレイヤーが隣の台に立ち、凡田《ぼんだ》と同じように景品用のビニール袋を置いた。視線は向けなかった。先ほど姿は確認してあった。スカジャンにベースボールキャップ。ゲーム音に紛れ、ハスキーな声が聞こえてきた。

「うーっす、デブりん」

コインを投入すると、こちらのコンパネに凡田のトレード用紙を置いた。

「不勉強じゃないの？　先週バージョンアップがあって大幅下方が入ったんだから、これだとうっかり成立するかもしれないよ」

女の名は真仁《まに》。繋《つな》ぎである。彼女の父親はかつて知り合った闇商人で、いくらかの貸しがあった。凡田純一《じゅんいち》の偽装経歴を支える鎖の輪の一つだった。

真仁はこちらの素性は知らない。ただの客の一人、あるいはこちらも繋ぎだと考えているだろう。

『デブりん』というのは真仁が勝手に呼んでいる愛称である。こちらが名乗るのを拒んだため、そう呼び始めたのだ。

ゲームを続けながら、会話を交わす。

「で、何が欲しいの？」

「S＆W《スミスアンドウエッソン》が欲しい。KSGのハイボルシリーズ」

「あれを？」

それだけで通じたようだ。

KSGは主にモデルガンを扱っている模型メーカーである。このメーカーの制作したハイボルテージ・シリーズはシリンダーに収めた薬莢《やつきよう》形のカートリッジにBB弾とガスを注入する構造になっており、リアルな造形も相まって人気を集めたモデルガンである。

しかし、後になって簡単な補強によって二二口径弾が発射できることが判明し、警察からの指導で販売中止となったモデルである。

「そういうのだったらもっといいのあるけど？　ホンモノのほうがよっぽど安いけど」

「必要ない」

「あっそ、まあ、うちのに言えば手に入ると思うけど」

「いくらだ？」

「三十」

「………」

沈黙すると、真仁は笑った。

「高いとは思わないけどなー。あれ、もう廃版だから手に入らないと思うけど。まあ、それが嫌ならヤ○オクでもメ○カリでもやったら？　うちは困らないし」

「……前金で十持ってきた」

「毎度ありー」

最上級譜面をきっちり完走して、真仁《まに》は凡田《ぼんだ》の持ってきた袋を掴《つか》み、その場を立ち去った。

◆

帰り道、駅近くの高架下に差し掛かった。

街中にぽっかりと口を開けた、空白地帯。大通りを行く車のヘッドライトがときおり、闇の中に浮かぶ薄汚れたグラフィティ《落書き》を浮かび上がらせる。

俺は何をしている？　いつまでこんな中途半端なことを繰り返すんだ？

本来であれば、銃など傍《そば》に置いておきたくはなかった。銃が必要になるような危機をあらかじめ回避するのがこの逃走における自分の方針だったからである。改造モデルガンというのはどっちつかずの選択肢だった。

それでも武装という誘惑に勝てず、例外中の例外を認めた。

作戦に例外が紛れ込むとき、それは破綻に向かっていることがわかっていながら。

「それじゃ、先にお昼どうぞ」

「はーい」

小さな歯科医院。

歯科助手が財布を手に表へ出て行くと、診察室には自分と患者だけとなった。ピンク色の紙エプロンをした患者は目にタオルを掛けられ、診療台に仰向《あおむ》けになっている。

「………………」

歯科医はそれを一瞥《いちべつ》すると、荷物置きにある患者の鞄《かばん》に手を掛けた。中にある黄色いファイル。それを取り出すと、白衣の中に忍ばせていたファイルと取り替え、鞄に戻した。さりげない仕草でファイルを机の引き出しに収めると、診療台へと戻る。

「見た感じ奥歯がガタガタですねえ。お仕事大変なんですか？」

「余計なことはいい」

患者、《御伽衆《おとぎしゅう》》の伝書使《クーリエ》〈雉《キジシ》〉は言った。

「上はもっと詳細な情報を求めている」

歯科医は渋面を浮かべると同時に、胃がきりきりと痛み始めた。直接の会話は通常ルーティンにはない。それは上層部の焦燥を意味し、同時に自分の窮地を意味している。

歯科医は声を落として返した。

「お言葉ですがこれ以上は無理です。現場からは、ただの監視だけでは今以上の情報を集めるのは不可能だと……」

「作戦の方針は聞いているはずだ」

知っている。接近厳禁、接触厳禁、住居侵入など非合法活動厳禁。組織がそれでやれという以上、それ以外の方法はない。

「せめてこの作戦の目的を教えてください。上は何を欲しがっているんです？　それがわからなくてはやりようがありません」

「………………」

〈雉〉はタオルを除《よ》け、こちらを見返してきた。機械のような目。それはこう言っていた。組織に対する詮索は、死あるのみ。

歯科医院はどこにでもある。誰でも虫歯になるから、出入りを疑われることもない。工作員が偽装するにはうってつけの場所だった。

歯科医の役目は『手配師』あるいは『点灯屋《ランプライター》』と呼ばれるものだった。普段、どこかに潜んでいる諜報員《ちょうほういん》たちに連絡をつけ、作戦のための人員を調達する。いわば裏の仕事の裏方である。

この道に入って十年近く経《た》つ。それなりに経験は積んでいるつもりだった。

それでも今回のような異様な作戦は初めてだった。

ただの男子高校生を追跡。二十四時間態勢で監視すること。

目的は不明。しかも厳しい制約が付いている。一言でいえば、遠巻きに眺めるだけで詳細な情報を得ろというのだ。そもそも相手はただの高校生である。上がってくる情報もたかが知れている。

それでも組織は執拗《しつよう》に情報を欲していた。乾ききったスポンジから存在しない水滴を絞りだそうとするように。

歯科医は空になった診療台を見下ろしていた。

組織の力は嫌というほど知っている。

詮索は死。不履行は死。

実際に、粛正にあった人間を知っていた。組織に背いたゆえに、あるいは無能ゆえに。

このまま手をこまねいていた場合、自分に待ち受けているものが、決して明るいものではないことはわかりきっていた。だが、これ以上、どうしろというのか……。

そのとき、記憶の隅に小さな灯《あか》りがともった。

一人、使えそうな人間がいた。

潜伏者《スリーパー》。

素性を隠したまま社会に潜り、作戦決行のそのときまでただの市民として過ごす。機密のために組織に対しても秘匿され、切り離された存在。

四年前、そのスリーパーの一人を前任者から引き継いでいた。

何故《なぜ》、今それに思い当たったのかといえば、そのスリーパーが関わっていた作戦が凍結になったからだ。前任者によれば、作戦責任者が死亡したために作戦自体が無期延期、人員の処遇に対しては追って指示があるだろう、とのことだった。

だが、指示はいつまでも来なかった。組織からも忘れ去られたかのように、いつまでもそのスリーパーは配置転換から漏れたままだった。

歯科医はあえて上に報告しなかった。特に考えがあったわけではない。使えるカードは持っておく。この世界の人間が皆するように、自分もそうしただけだ。いつか、そのスリーパーが役に立つときがくるかもしれない、そう思って。

そのときが来たのかもしれない。

自分が知っているのは連絡手段などの概略だけだが、スリーパーの年齢はわかっていた。十七歳。監視対象と同じ年齢。

スリーパーを作戦目標に直接、接触させる。

密《ひそ》かに、組織にも知らせずに。それならば新たな情報を得ることができるだろう。

だが、これは明確な作戦規定違反だ。もしそれが発覚したとしたら……。

わかりはしないだろう。責任者も、前任者もすでに死亡している。そのスリーパーの生活に必要な資金などの流れも、組織の複雑なシステムのために全容を把握するのは不可能。

現状、そのスリーパーを認識しているのは自分だけだ。

どのみち、自分に残された道はそれしかないのだ。

組織は裏切りを許さないが、それ以上に、無能には不寛容なのだ。

◆

「よくできましたね」

先生はそういった。

近接戦の授業のときだった。先生はあたしの目の前に膝を突き、こちらを見上げていた。

「もう、あなたに殺せない人間はいません。あなたの手が触れたのなら必ず殺すことができる。どんな人間であっても。どんな怪物であっても」

先生はそういって、わらった。

先生の手は赤くぬれていた。先生の服は赤くぬれていた。

「あなたは最高の生徒です。最高の暗殺者です。私よりも、ずっと強くなった」

先生は少し、せきをした。

先生はあたしの先生だ。殺すことの先生だ。ナイフの使い方、銃の使い方、体の使い方。

あたしはいろんなことを教わった。

「もっと色々と教えたかったけれど、もう時間がないみたいですね」

先生はとても怖かった。

でも、そのときだけは妙に優しくて、だからよけい怖かった。

「弓竹《なよたけ》」

先生はあたしの名前を呼んだ。

「最後に、私のお願いを聞いてください」

最後？　次の授業は？　明日は？　これからあたしは誰の言うことを聞けばいいの？

「一度だけです。あなたが殺すのは一人だけです。あなたの手であの怪物を終わらせるのです。私の代わりに」

先生はぬれた手であたしの頬《ほお》にふれた。生温《なまぬる》い空気、生暖かい匂いが顔を包んだ。

「そのときまであなたは眠り続ける。あなたは生まれ変わる。新しい人間に。ここであったことの全てを忘れ、そのときのために穏やかに眠り続ける。あの怪物が、あなたの手の届くところに現れるまで……」

あたしは生まれ変わる？　ここからいなくなるの？　これからどうなるの？

先生はそれには答えてくれない。先生は目を閉じた。だんだん、息がほそくなっていく。

「あなたの新しい名前……あなたの名前は……」


「芹沢《せりざわ》！　芹沢明希星《あきほ》！」

誰かに呼ばれ、明希星は目を覚ました。

「………………」

記憶があやふやで、しばらくぼうっと周りの景色《けしき》を確認した。

暖かい日差し。白いカーテン。教室。黒板。くすくす、という笑い声。

そうだ。

芹沢明希星《せりざわあきほ》は私の名前だ。

今のは夢で、私は子供じゃなくて、私は高校生で、ここは学校で、それで授業中で、今のは夢だったから、私は眠っていて……。

それ以外の状況は全くわからない。

とりあえず頭を上げ、明希星はこたえた。

「……スミマセン。聞いてませんでした」

間章、ある一匹狼のモンタージュ

知ってる？　芹沢明希星《せりざわあきほ》って。

そう。Ａ組の背の高い子。

風間《かざま》先輩のこと振ったんだって。「興味ないんで」だって。


え、バスケ部なんじゃないの？

違うよ。

あんなに背高くて？

いや、スカウト行ったらしいよ。だってミニバスでダンクしてたんだよ。経験者って思うじゃん。そしたら「やったことない」って。

そんなわけなくない？


いや、部活はやってないみたいよ。

何か中学のとき、いじめにあったんだって。あんな性格でしょ。

チームとかコミュニケーションとか苦手そうだし。

モデルやってんだって？

俺が聞いたのは何かエロいやつだって。

マジ？　詳細。

オレ知らない。蜷川《にながわ》が言ってたんだって。

つかえねー。

◆

五時限目。

鈴木茜《すずきあかね》は緊張の面持ちで世界史の後藤田《ごとうだ》の授業を受けていた。後藤田は強面《こわもて》で、もちろん怖い部類の教師だけれど、緊張の原因はそこではなかった。

前の席で、芹沢さんが寝ていた。

初夏の日差しのなか、セミロングの髪を明るく輝かせて、ライオンみたいに豪快に寝ていた。

芹沢さんも怖い。怖いけど、かっこいい。そんなことというと、変な目で見られるかもしれないから黙っているけど。

席替えで近くになったときは怖かったけれど、今はそうでもない。芹沢さんはいつも一人で、他人に興味がないみたいだった。休み時間は微睡《まどろ》むように窓の外を眺めている。

そんなことより、世界史の後藤田《ごとうだ》の視線が芹沢《せりざわ》さんに突き刺さってる。起こすべきだろうか？　でも、そんなに、というか、全然親しくないし。芹沢さんが寝ていることに気づいて、誰かがくすくす笑っている。

「芹沢！　芹沢明希星《あきほ》！」

後藤田の大声に、自分とは関係ないのに肩が震える。

当の芹沢さんはゆっくりと頭を上げ、周囲を眺める。本当にライオンみたいだ。

「スミマセン、聞いてませんでした」

悪びれる様子もなく、芹沢さんは言った。

「放課後、職員室まで来い！」

「はい……」

芹沢さんはまた、微睡《まどろ》むように窓の外を眺めた。

三、芹沢明希星

SCHOOL LIFE ESPIONAGE

1

喉ががら空きだった。

職員室で先生の話を聞きながら、芹沢明希星はぼんやりとそう思った。

身体《からだ》は鍛えてある。丸まった耳。レスリングか柔道かサンボか。襟を掴《つか》むための腕の筋肉、指のタコ。柔道かな。けれど、まったく警戒していない。この距離から指を突き入れたら気管は簡単に貫けそうだ。

殺せるかな。殺せるな。やらないけど。

「で、どうするんだ？」

「……え？」

先生（名前は……ちょっと憶《おぼ》えてない）はため息をつくと説教を続けた。

「来年は受験なんだぞ。卒業したらどうするつもりなんだお前は」

「実家の手伝いするから大丈夫っす」

組織からはそう答えるように言われていた。実際、どうなるかは知らないけど。

「……とにかく、もう少ししっかりしろ」

「……ハイ」

「……わかってんのか？」

「……ハイ」

話の内容はほとんど憶《おぼ》えていないけど、明希星《あきほ》はそう答えた。


誰かを殺すために生まれてきた。

誰かを殺すために訓練を受けてきた。

〈先生〉の言った「そのとき」のために。

そのはずだった。

でも、「そのとき」はいつまでたってもやってこなかった。この街にやってきてから一年。それ以前の潜伏期間を含めたら四年間。ずっと、何も起こらなかった。

もしかしたら、全部、夢だったのかもしれない。そう思うことがあった。

本当は組織なんか存在しないのかもしれない。〈先生〉のことも、あの学校のことも、訓練のことも。全部、夢の中の出来事。

明希星は欠伸《あくび》を噛《か》み殺《ころ》しながら、夕方の街を歩く。

このところ、ずっと眠かった。今日の朝から、昨日の朝から、その前から、起きてからずっと。今もひどい眠気に包まれ、夢の中を歩いているような気持ちだった。

微睡《まどろ》みのような毎日。

もしかしたら、こっちが夢なのかもしれない。

いまは訓練の最中で、私は気絶していて、普通の学校の夢を見ている。気がつけば、あの学校にいて、〈先生〉がいて、また訓練をする毎日が待っている。

……それはないか。

ぼんやり歩いているうちにマンションに辿《たど》り着《つ》いていた。

三階。誰もいない部屋。

組織の指示で双輪市《そうりんし》に引っ越して以来、明希星は一人暮らしをしている。中学時代の三年間、偽装のために一緒に暮らしていた人間とも切り離され、本当の単独行となった。

それ以来、連絡は封書で届くようになり、ドアの郵便受けを開くと、いつものように一通の封筒が入っていた。

組織からの指令だ。予備校の案内、スポーツジムの案内、クレジットカードの案内。さまざまなダイレクトメールに偽装した指令書。

これが明希星と組織を繋《つな》ぐ、唯一の物証だった。

明希星は封を破いた。

中身はパンフレット、そしてテンプレートの挨拶文と二次元コードが印刷された紙片。

明希星は紙片を手に机に着いた。引き出しからガラケーと英和辞典を取り出す。画面を見るとバッテリーが怪しかった。そういえば先週使ってから充電していない。

充電ケーブルを繋《つな》いで専用アプリを立ち上げ、二次元コードを読み込んだ。

どこかのサイトに繋がることはない。軽やかなメロディとともに、画面表示がおかしくなるだけだ。

意味不明な英数字の羅列。明希星《あきほ》は先生から教わった規則に従って数字を書き取った。

それから、英和辞典を開き、ページ数、行数、単語数に応じた言葉を見つけ出していく。

「クラシックなやり方」と先生は言っていた。クラシックなやり方が一番なのだと。

ただこの頃になると、開文しなくても何が書かれているのか、ある程度見当がつくようになっていた。情報量からいって、いつもの短い文章。一応、辞書の対応する単語を拾い上げてみる。

『指示があるまで待機』

いつもの命令文。明希星は紙を破り捨て、大きく伸びをした。

〈先生〉はどういうつもりで私を送り込んだのだろう。組織は私に何をさせたいのだろう。

何も知らされないまま過ごす、微睡《まどろ》みの日々。

考えても仕方ない。明希星は制服を着替えるために席を離れた。

「…………？」

違和感を覚え、明希星はネコ科の動物のように頭を上げた。

最初はわからなかった違和感の正体。やがてそれが足音だとわかった。聞き慣れない足音が廊下を近づいてくる。それはこの部屋の前で止まって……。

直後、郵便受けが音を立てた。

怪訝《けげん》に思いながら明希星は玄関に行き、郵便受けを確認した。

封筒があった。

状況が飲み込めず、やがて、動悸《どうき》が起こった。

今まで、こんなことはなかった。組織からの定期連絡は週に一度だった。それも通常の郵便で、自分が学校へ行っている間に投函《とうかん》されているのがいつものことだった。

同じ日に二通。本物の郵便なのか。それとも『組織からの本物の郵便』なのか。

その封筒は見た目から違っていた。Ａ４サイズの封筒。

『重要なお知らせですのですぐにご確認ください』

表には赤字でそう印刷されていた。

爆発物を扱うかのように、明希星は封筒を机に置き、今度は慎重に封を開ける。中身は二次元コードが印刷された紙片。それから意味不明なことが書かれた印刷物数枚。

同じようにケータイで読み込む。

軽やかなメロディと同時に、ケータイが壊れたかのように画面一杯に無秩序な文字列が表示されていた。明らかに通常の文章量ではない。

そのときが来た。

印刷物に目を留《と》める。ざらざらとした奇妙な手触り。たぶん任務のための資料だ。確か……漂白剤に漬けて表面の文字を消してから何かを使って隠れた文字を浮かび上がらせる

めた。

とにかく最初は開文だ。明希星《あきほ》は埃《ほこり》のかぶった記憶を懸命に呼び起こしながら作業を始

動悸《どうき》が速まる。血流が鼓膜を打つ。

んだったか……?


　全ての開文を終えた。明希星はもう一度、文面を確認する。

『目標に接触し、友好的な関係を構築すること。その後、質問リストに基づき、情報を引き出すこと。警戒されないこと。こちらの素性に気付かれてはならない』

　そう、指令文は始まっていた。あとに続くのは細かな指示。作戦目標のこと・質問リストのこと。

　キッチンに掛けられていた洗濯ハンガーを確認する。濡《ぬ》れた印刷物から滴った変な色の液体が、シンクに染みを作っていた。耐水性の用紙は漂白剤によって印刷が消えている。ドライヤーをかけると、ぼんやり、だんだんはっきりと紫色の文字、図面、地図が浮かび上がってくる。

　作業を終えたとき、外はすっかり暗くなっていた。汗で濡れたシャツが冷たく感じる。自分が制服のままだったことに気付いて、とりあえず着替えることにした。

　ベッドの上に制服を放り、バスルームに入る。

　シャワーを浴びながら、明希星はまだ混乱する頭で情報を整理しようとした。

『質問リストに基づき、情報を引き出すこと』

暗殺の指令ではなかった。先生が言っていた任務ではなかった。自分は誰かを殺すために、今まで潜伏していたのではなかったのか？

『素性を隠すこと』

それは分かる。あくまで普通の高校生として目標に近づけということだ。

『友好的な関係を構築すること』

これらの情報を総合すると、つまり作戦目標の友人になって情報を引き出せということになる。

明希星は洗面台の前に立った。

そして、鏡の中の濡れたままの自分に向かって、問いかけた。

「友達って……」

……友達ってどうやってつくればいいんだっけ？

2

部屋着に着替え、いつものように床でストレッチをしながら、明希星は考えていた。

ついに訪れたその時。

でもそれは暗殺指令ではなかった。

私は〈先生〉の代わりに、誰かを暗殺するために送り込まれたのではなかったのか。そのために四年間、潜伏し、普通の生活を送ってきたのではなかったのか。

大きく足を開いて、上半身をぺったり床につけると、目の前に広げたままの命令文がくる。

『友好的な関係を構築し、情報を引き出すこと』

友達の作り方。

〈先生〉からは習ってない。たぶん、習ってないはず。

銃器の扱い方。ナイフの扱い方。自分の身体《からだ》の扱い方。そういったことは教えてくれたけど、『友達の作り方』なんて授業はなかった。組織の他の人間との接触はほとんどなかったし、もちろん、その人たちからも教わってない。

組織は何をさせるつもりなんだろう。私が出来ること、出来ないこと、〈先生〉から聞いてないのだろうか。

掌《てのひら》を床に突き、体を持ち上げる。そのまま倒立の姿勢になったところで、指令書の内容は変わらない。隣に広げてある資料に視線を移すと、接触対象の情報が見えた。

凡田純一《ぼんだじゅんいち》。

同じ学校の生徒。顔は……よく覚えてない。見たことがあるような、ないような。

同学年、隣のクラス。私はこいつに近づくために双輪高校《そうりんこうこう》に送り込まれたのだろうか。

でも、なんで二年生になってからなんだろう？　まあ、組織には考えがあるんだろう。よくわかんないけど。

ぐっと腕を曲げて、写真を覗《のぞ》き込む。

地味な外見。分厚いフレームの眼鏡《めがね》。他に……特徴らしい特徴がない。人の顔と名前はよく忘れちゃうから、よく見ておかないと。

凡田君、何やらかしたんだろう？

組織に目をつけられるようなことをしたんだろうか。そういうことは私の考えることじゃないか。

ゆっくりとブリッジの姿勢に移る。首で体を支え、腕を組んだ。

どうやって友達になればいいんだろう。結局、その答えは浮かんでこない。

しばらく考えたところでお腹《なか》が鳴った。そういえば夕食も食べてない。

凡田君と友達になる。

組織の命令だから、やらないわけにはいかない。

いきなり押しかけていって「友達になりたいんだけど」っていうのはいくら何でもおかしいか。警戒されないように、って書いてあるし。

……そういえば、学校の人たちはどうやって友達つくってるんだろう。みんな、休み時間にグループで話したりしている。最初はみんな知らない人間のはずだから、どこかで友達になったはずだ。……ああ、中学は一緒だったかもしれない。でも、それだってはじめて会う瞬間があるはずだ。私の知らないうちに私の知らない方法で友達になってるのだろうか。こんなことなら気をつけて見ておけばよかった。

買い出しに行きそびれたので、非常用の栄養食を囓《かじ》りながら自分用のスマホを操作する。

ヘッドホンで音楽の配信を聴きながらネットの漫画を眺めるのが明希星《あきほ》の趣味だった。

今日はいつも読んでる漫画の更新日だったのだが、とりあえず後回しにして、漫画の主人公たちがどんなふうに友達を作っているのか調べることにした。そんなふうに漫画を読んだことはなかったけれど、今回は注意して読んでみる。

『おはよー。ほら、さっさと起きなさいよ』

『んだよ……毎朝、毎朝、うるせーなー』

『何よ！　せっかく起こしに来てあげてるのに』

主人公と幼なじみ。

これは駄目だ。あたしと凡田《ぼんだ》くん幼なじみじゃないし。

『チクショウ！　こんなところで負けてたまるか！』

『ユウくん、頑張って……！』

部活で知り合う。

私、部活やってない。そうだ、凡田君は？　……やってないな。これも駄目だな。

『……私、二十歳になるまで生きてないかもしれないの』

『そんな……』

小さい頃、同じ病院に入院してた。
そういえば入院ってしたことないな。怪我《けが》はいっぱいしたけど。
『遅刻、遅刻ー！』
『いってえ！　どこ見て歩いてんだよ！』
『何よ！　そっちこそ気をつけなさいよ！』
登校中、パンをくわえながら走ってたら曲がり角でぶつかる。
いや、おかしいって。いくらなんだって。息、苦しくない？
『な、何なんですか！　変なことするとケーサツ呼びますよ！』
『キミ、面白いね。オレと付き合わない？』
『……は？』
何だか知らないけどいきなり口説かれる。
そうしてくれたら楽なんだけどな。たぶん、無理じゃないかな。
調査は芳《かんば》しくない。使えそうなのは何一つない。
非常食で口がぱさぱさになってきた。明希星は水のペットボトルを開けた。
……待てよ。ペットボトルに視線を落とす。
パンは無理だけど、飲み物なら大丈夫じゃないか？
登校中、ペットボトル持ってる生徒もいるし。
スマホを見ながら歩く。曲がり角でぶつかる。それで、うっかり水を掛けてしまう。

「ごめん！　大丈夫だった⁉」

それから相手の教室に謝りにいく。声を掛けるようになる。

俄然《がぜん》、やれそうな気がしてきた。

そうだ。水なら「洗って返すから！」って次の繋《つな》がりが出来るじゃないか。それから相手の教室にいって話して、一緒にお昼食べたりして……。

うん、いけるいける！

あたし、結構頭いい！

3

コンビニの時計が七時半を指していた。

朝。混み合うコンビニの雑誌棚の前で立ち読みするふりをしながら、明希星《あきほ》は計画を再確認した。

受け取った資料には凡田《ぼんだ》君の朝と放課後の通学パターンが書かれていた。

何だか知らないが凡田君は非常に面倒くさいことに、毎日、違う通学路を使っているらしい。基本的には漫画雑誌の発売日で決まるらしい（資料を読んで、明希星ははじめて漫画雑誌の発売日間隔を知った）。

資料にはその行動パターンが細かく書かれている。正確なルート、正確な時刻。どの道を何時何分に通り、誤差は何十秒であるか（何でこんなに調べてるのかわからないけど。凡田君、よっぽど悪いことしでかしたんだな）。

それに従えば、今日は駅前の大通りから学校への路地に入るルートのはずだ。

このコンビニの前の道をまっすぐ行けば大通りに出る。通学路への曲がり角はそこからも見えるはずだ。

予定時刻まであと数分ある。明希星はもう一度、作戦を確認する。

買い物を済ませ、何気ない様子で大通りに出る。曲がり角のところでスマホを眺めているふりをしながら待ち受ける。凡田君が来るのを待つ。よそ見をしたふりをしてぶつかって、飲みかけの水をぶっかける。謝る。タオルで拭いてあげる。

「ごめん！　あとで洗って返すから。君、名前は？」

凡田君のクラスと名前を確認。休み時間、挨拶に行く。何回か、声を掛ける。友達になる。

……うん、一晩で考えた割りには良さそうに思える。

パンと桃フレーバーの天然水を買って外に出た。

パンはもちろんお昼に食べる用。飲み物は凡田君にぶっかけたあと、残りは自分で飲む用だ。水にしようかと思ったけど、ちょっと味気ないし。透明だから色は付かないし、いい匂いだからぶっかけられても悪影響はないだろう。

お店を出たところで桃水を一口飲んだ。キャップは親指で弾《はじ》いてすぐに外せるくらいに閉める。

スマホ準備オッケー。水準備オッケー。タオル準備オッケー。

心地《ここち》よい緊張感。朝はいつもすこぶる眠いのだが、今日は違っている。目は冴《さ》え、体も何だか軽い。

時間ぴったり、明希星《あきほ》は大通りに向けて歩き出した。

そのときだった。

「……え？」

道がふさがってた。

人の流れが止まり、車が止まり、踏切の警報音が鳴っていた。

目の前で遮断機が下りていた。


もし橘黒姫《たちばなくろき》であれば、決して犯さなかったであろうミスだった。

黒姫であれば、昨夜の内にでもあらゆるリスクを洗い上げたはずだ。何度も部下に下見をさせ、あるいは自ら赴き、実際に予行演習を行ったはずだ。そもそも、誰かに自然に接近するのに曲がり角でぶつかるというアプローチを採らなかったはずだ。

あるいは凡田純一《ぼんだじゅんいち》であれば、絶対にありえなかったはずのミスだった。

凡田は逃走に備え、どの交通機関がいつ使えていつ使えなくなるのかを把握していた。

当然、バス・電車のダイヤは頭に入っているし、どの踏切が開かずの踏切となるかも知っていた。踏切に足止めに遭うということはない。そもそも、誰かに自然に接近するのに曲がり角でぶつかるというアプローチは採らなかったはずだ。

だが、芹沢《せりざわ》明希星はミスを犯した。

彼女は踏切が閉じる時刻を調べていなかった。そして、誰かに自然に接近するのに曲がり角でぶつかるというアプローチを採用したのだ。


明希星は、呆然《ぼうぜん》と通過する電車を眺めていた。その間、コンビニは線路の向こうにもあるのに、どうしていつものコンビニに寄ってしまったのか自問した。

しかし、いくら考えたところで踏切が開くわけではない。

時間、大丈夫だろうか。すぐに遮断機が上がれば、少し早足で間に合うはずだ。

スマホを凝視する。こういうときに限って、時間の流れが加速しているような気がする。

あっという間に二分が過ぎた。ということは……。

電車が通過した。

明希星は踏切の向こうに目《め》を凝らした。

生徒たちの波。明希星の眼が、百メートルほど先の人波の中に、眼鏡《めがね》で猫背の男子生徒がとぼとぼ歩いているのを見つけた。

写真の男子生徒、凡田君《ぼんだ》。そして凡田君は明希星《あきほ》がぶつかる予定だった角を通過し、路地へと消えていった。

ぽかん、と明希星は立ち尽くした。

どうしよう。あそこからはもう一本道だから、もうぶつかれるような曲がり角はない。こうなったら先回りも出来ないし……。

ぱっ、と閃《ひらめ》いた。

ある！　先回りできる別なルートがある！

入学してすぐ、明希星は組織の指示で学校から駅への逃走用ルートを作っていた。目立たず、視線が通らない路地。しばらく使っていなかったから忘れていたけれど、確か、あれは校門の前辺りに繋《つな》がっていたはずだ。

時間を計算する。

ええと……凡田君があの丁字路に到着するまで……あと六〇秒くらいか？　あのルートは四〇〇メートルくらいだから……。

よし、間に合う！

明希星はスマホをバッグに押し込んだ。屈伸、前屈、足周りを伸ばす。

警報音が鳴《な》り止《や》み、遮断機が上がった瞬間、明希星は体勢低く駆けだした。

踏切を駆け抜け、障害物を避《よ》けながら歩道を疾走する。大通りの手前を右に折れ路地に入る。

シャッターの下りた商店街、そこを突き進む。幸いなことにそこを通る生徒たちはほとんどいなかった。明希星はさらに加速する。

コインランドリーを過ぎたところで左折、すぐに右折。目の前に現れた急な石段を三段飛ばしで登っていく。

階段を一気に上がり、今度は左へ。曲がった直後、

「は……？」

思わず、声が出た。

目の前に、二メートルほどの黒いフェンスが立ちはだかっていた。そこには、

『私有地につき立ち入り禁止』

と大きく書かれた看板がくっついていた。

ちょ、ちょっと待って！　去年、こんなのなかったじゃん！

この前、通ったときはここはブロック塀に挟まれた路地で向こう側に抜けられたはずだ。

「…………！」

戻る時間はない。明希星はわずかに躊躇《ためら》って、それから意を決して踏み込んだ。

跳躍。電信柱を蹴る。フェンスの上辺を踏み、さらに上へ。

一瞬、包まれる無重力感。勢いのついた明希星の体は屋根の上まで舞い上がった。

横幅、靴一個分のブロック塀に着地。さらに加速、一歩、二歩、三歩、四歩。バッグを抱え、跳躍。反対側のフェンスを飛び越え、前転。受け身を取ると再び駆け出す。

地面には着いてないからセーフ！　屋根にいたネコと目が合ったけどセーフ！

残り時間三十秒。

右。左。右。右。左。

最後の直線を突き抜ける。あと五秒、四、三、二……。

路地を抜ける。世界が一瞬、白く染まる。

眼《め》が標的を捉える。猫背、黒縁の眼鏡《めがね》。

捉えた！

明希星《あきほ》は男子生徒の体を目がけて突っ込んだ。

そして……。

4

死んだのだ、と思った。

凡田《ぼんだ》は青い空を見上げ、アスファルトに横たわっていた。

痛みはなかった。世界は妙に静かだった。

自分が死ぬときはどんなときか、想像することがあった。刃《やいば》の上を歩くようなあの世界。自分のすぐ隣で、音もなく同胞が消えていくあの世界。そこで生きる以上、それは誰もが考えることだった。

密林で。砂漠で。瓦礫《がれき》まみれの死んだ都市の中で。

官憲《かんけん》の銃弾で、ゲリラのナイフで、あるいは拷問者のペンチと高圧電流によって。

きっとそうはならないだろう。そうも感じていた。

自分が思いも寄らない場所で、思いも寄らない方法で、思いも寄らない相手に殺されるのだ。

それが今日だったとは。

凡田は予感が的中したことを知った。

避《よ》けられなかった。

常に注意を払っていたはずだった。死角からは数メートルの距離を置き、前髪の奥から一ヶ所《かしょ》ずつ目視していた。それでも食らった。襲撃者は音もなく、陰から染み出すように現れた。

その直前、それと目が合った。直後、視界が回転した。

赤子がベッドに寝かしつけられるように、気がつくと、アスファルトに仰向《あおむ》けになっていた。

どうして、痛みがないのか。

刃物の冷たさも、内臓を捻《ひね》られ、押し込まれる感触もなかった。

本能が体の痛みを感じようとした。痛みがあれば、まだ、助かることができる。体はまだ生きようとしている。今、必要なホルモンが体中から放出され、戦う意志を引き出すことができる。

刺された箇所を確かめようとして、自分の上半身が濡《ぬ》れているのに気付いた。手で拭って、持ち上げてみる。

血……。

ではなかった。

それは無色透明だった。

同時に、甘さが鼻と口の中に広がった。シアン化合物。数十秒のうちに呼吸器が冒《おか》され、窒息死に至るだろう。奴《やつ》ら、どの奴らかはわからないが、ともかく暗殺者を送り出した人間はわずかでも俺を苦しませて殺したかったのだ。

死ぬのは構わない。だが、騒ぎは避けなくては。今に至ってなお、工作指揮官の思考が頭を過《よぎ》った。

この状況が俯瞰《ふかん》で再現された。

置き去りにされた死体。騒ぎ出す通学路の生徒たち。遠くから聞こえる救急車のサイレン。

ここ一週間の自分の行動を確認し、かつての繋《つな》がりは露見しないだろうことを確信した。かつての仲間たちに調べは及ばないだろう。

安心していい。自分に、もう仲間はいない。

俺はひとりぼっちなんだ。

そして最期の数秒、凡田《ぼんだ》は襲撃者を目に収めようとした。欺瞞《ぎまん》に満たされた十数年を終わらせた人間を知ろうとした。

「うわ！　全部こぼれちゃってる！　っていうかすっごい濡れてる！」

凡田に馬乗りになって大騒ぎしている暗殺者。それは一見、女子高校生だった。

上着は着ておらず、開襟シャツはずぶ濡れになり肌に張り付いている。手にはほとんど空になった桃水のペットボトル。そういえば甘ったるい匂いが周囲を包んでいる。

少し荒い呼吸。彼女の高い体温が空気から伝わってくる。

「あーあーやっちゃった……。なんかべたべたしてきた……。やばっ、スマホ！」

相手はペットボトルを手放すと、バッグからスマートフォンを取り出し画面を凝視してから、ふう、と息を吐いた。

「よかったー、割れてない……」

そこで目が合った。

ネコ科の大型肉食獣に組み伏せられたような心境だった。実際、ライオンあるいはトラに組み伏せられた経験はなかったが。訓練されたジャーマン・シェパードに噛《か》まれたときよりは余程、重圧感があった。

女子生徒は、はじめて凡田に気付いたように声を上げた。

「じゃなかったごめん！　大丈夫だった⁉」

凡田《ぼんだ》は我に返った。徐々に状況が頭に入ってくる。

最期の瞬間はあっという間に消え去った。流れ出る血も、致死性の化学薬品も、救急車のサイレンもなかった。

朝の日常だった。その中で、目立たない地味な男子生徒がやけに声の大きい女子生徒に馬乗りにされているだけだ。通学路の生徒たちは道の真ん中で絡み合っている二人に怪訝《けげん》そうな視線を向けてくるだけだ。

凡田は慌てて立ち上がろうとした。

「…………！」

「ちょっ、待って……！　今、拭くもの出すから……！」

が、女子生徒は巧妙な体重移動でマウントポジションを継続しつつ、バッグからタオルを引っ張り出し凡田の顔を拭き始めた。

「ごめん！　ちょっと急いでて……！　怪我《けが》とかない!?」

「いえ、大丈夫ですから……！」

周囲の目が凡田を焦《あせ》らせる。とにかく、一刻も早くここから離れなくては。

凡田は起き上がろうとするのだが、重心をきっちり押さえられていて体を起こすことさえできない。

「えっと……！　そう！　洗濯！」

一瞬、彼女の言葉の意味がわからなかった。タオルを洗って返せということなのか？

「す、すみません、洗って返しますから……」

「……え？　違う違う違う！　これじゃなくって！」

凡田《ぼんだ》がタオルに手を触れると、相手は慌てて手を引いた。

「制服！　制服！」

「………？」

単語を連発するだけで、もう何を言ってるか全然わからない。

「だから、タオルはいいんだって。私が！　君の制服！　汚しちゃったから洗って返すって話！」

どんな話なんだ……？　言語感覚が狂ったかのように全く意味がわからない。

「と、とにかく、一回どいてもらっていいですか……！」

「あ、そっか、ごめん。重かった？」

ようやく、女子生徒が立ち上がった。

凡田は立ち上がり、意思の力で自分を偽装で包み込んだ。あれだけの勢いでタックルを受けたわりに、痛みはどこにもなかった。

女子生徒が凡田の制服の砂埃《すなぼこり》をはたきながら言った。

「ああ、汚れちゃってる……。とりあえず、あとで制服洗って返すから……」

「いえ、気にしないでください……！」

「え!?」

凡田は会話を拒否して早足で歩き出すと、女子生徒は慌てて詰め寄ってくる。

「え？　いや！　そういうわけにいかないんだって！」

「本当に大丈夫なんで……！」

もごもごと口の中で言って、生徒たちの波に紛れる。そのまま、いつもより深く俯《うつむ》きながら、校内へと急いだ。

◆

……逃げられたか。

明希星《あきほ》は凡田の背中を見送ると、桃水のペットボトルを拾い上げ、名残《なごり》惜しそうに中に残った水滴を見つめた。走ったせいで体が火照っていた。

ちょっと想定外のことが起き過ぎた。

直前で踏切が閉まるとは思わなかったし、路地が塞がってるとも思わなかった。

凡田君にぶつかるスピードも勢い良すぎたかな。ちゃんと凡田君ごと受け身とったけど。

あと慌てちゃって自分でも何言ってるのかよく分からなかったし。

まあ、いいか。

これで凡田君とのきっかけは出来た。作戦は成功である。

……よく考えたら別に今日じゃなくても良かった気はするけど。

四、不毛なる心理戦線

1

何だったんだ、あれは……！

ホームルームが始まるまでの間、凡田《ぼんだ》はいつものように俯《うつむ》き加減で自分の席に縮こまり、周囲環境の変化に注視していた。

あの女子生徒の出現は何かの前触れなのか。それとも単なる偶然だったのか。

今のところ変化らしい変化はない。前の席の山川《やまかわ》さん（ソフトボール部）が「何か甘い匂いしない？」と、言い出したときには心拍数を元に戻すのに苦労したが。制服は拭いてはみたものの、桃の甘い匂いとべたつきは残ったままだ。

ホームルームから一時限目にかけ、凡田は警戒を続けながら脳内のデータベースを操作し、あの女子生徒を特定した。

芹沢明希星《せりざわあきほ》。

自分と同じ二年生。昨年四月の時点で一年A組に所属していた。部活には入っていない。その他、特記事項なし。

あのときすぐに思い出せなかったのは、二学期最初の段階で彼女を『観察不要』カテゴリーに入れたからだった。現在、どのクラスにいるのか、まだ把握はしていない。新入生や新しく赴任してきた職員の調査を優先していたためである。

奴《やつ》は何者なのだ？

あの身体能力。明らかに素人《しろうと》のものではない。

全く避《よ》けられなかった。平常時から、死角には注意を払っているつもりだった。あのときも角からは距離を取り、目視を欠かさなかったはずだ。

それなのに接触の直前まで、気づくことさえできなかった。襲撃に気付いた直後には、すでに自分は攻撃を受け地面を転がっていたのだ。

命が目的ではないはずだ。相手に殺す意思があったのなら、あのとき三回は死んでいたはずだ。

警告？　お前の命などいつでも取れるという意思表示なのか？　しかし何のために？どうしてあんな目立つ方法で？

あるいは別の目的なのか？

財布はある。キーホルダーも無事。荷物を確かめたが、盗難もすり替えも痕跡がない。バッグの底に仕込んである逃走用具に気付かれたか？　緊急時用の携帯電話、釣り糸、工具、折りたたみのバッグなど。しかし、これらは日常品で構成されていて、バッグの中にある限りはそれとは気付かれないはずだ。

どうして彼女はここにいる？

自分と同じく去年の四月に入学している。俺がこの学校を選んだことを知っていて、彼女も同じ学校を選んだというのか？　あるいはどこかの組織が毎年、あらゆる学校に工作員を仕込んでいるというのか？　そんな可能性は限りなく低い。

奴《やつ》の背後には誰がいるのか？

俺を監視していたのは奴なのか？　一年間、全く気付かれないまま？　では、どうして今頃になってから接触してきた？　どうしてわざわざ正体を明かした？

ずきずき、頭が痛んできた。神経が焼け付く。偏執症《へんしゅうしょう》が頭をもたげる。無数のありもしない幻影が浮かんでは消えていく。

落ち着け、落ち着け。ただの偶然の可能性も捨てきれない。自分の能力の衰えを過小評価しているだけかもしれない。自分にはもう、高校生のタックルを避《よ》けきれないだけの話かもしれない。

逃げるか、留《とど》まるか。また、その選択肢が頭を過《よぎ》る。

今は動いてはいけない。

芹沢明希星《せりざわあきほ》の目的がこちらに対するプレッシャーだとすれば、こちらも普通の高校生として応じるしかない。凡田純一《ぼんだじゅんいち》の偽装に隙を見せてはならない。

午前中の時間を使い、ようやく覚悟が決まった。そのときだった。

昼休みのチャイムが鳴ってすぐ、教室の前部ドアから、長身の女子生徒が顔を出した。

芹沢明希星……！

明るい色のセミロングの髪、上だけジャージに着替えた明希星が顔をのぞかせていた。

嫌な予感が背中を駆け上った。検問所の軍人が、自動小銃を持った民兵が、こそこそと話しあう警官が、こちらに視線をやったときのあの感覚。

俺ではありませんように。凡田は顔を伏せ、こういうときいつもするように、何かに祈った。

「あ、いた！」

その希望を打ち砕くかのように教室中に大声が響き渡った。凡田は何とかリアクションを取らずに済んだが、ドアの近くの山川《やまかわ》さん（ソフトボール部）の肩が、びくん！　と震えるのが見えた。

いつものように嫌な予感は的中し、祈りは誰にも届かなかった。

「そこのキミ！　ねえ！」

恐る恐る顔を上げると、芹沢明希星は微笑《ほほえ》みながら、前の席の山川さん越しに手を振ってきた。

「隣のクラスだったんだ！　よかった早く見つかって」

芹沢明希星は教室にずかずか入りこみ、凡田の机の傍らに立った。

「朝はごめんね。急いでたから、前見てなくて。制服大丈夫だった？　怪我《けが》してない？」

「だ、大丈夫です……」

「そう、よかった」

そう言って芹沢明希星《せりざわあきほ》は笑い、凡田《ぼんだ》は愛想笑いを浮かべた。

表面上は無難なやりとりをしながら、凡田は生きた心地《ここち》がしなかった。芹沢明希星はやけに大きな声だった。周辺視野で、教室の視線が集まるのを感じる。山川《やまかわ》さん（ソフト部）といえば、頭越しに行われるやりとりに落ち着かない様子で、こちらと芹沢明希星を交互に見た。山川さん（ソフト部）、きょろきょろしなくていい。きょろきょろすると目を引く……！

逃げの体勢に入り、中腰になっていた山川さん（ソフト部）に芹沢明希星がたずねた。

「あ、椅子借りていい？」

「え⁉　あ、どうぞ……！」

山川さん（ソフト部）が少し怯《おび》えの入った驚きの表情と多大な好奇心を浮かべ、そそくさとその場を立ち去っていく。荒天《こうてん》の夜の海岸、ピックアップのボートがこちらを見つけそこない、遠ざかっていくのを呆然《ぼうぜん》と眺めていたときの記憶が蘇《よみがえ》る。

明希星は椅子に横座りになった。居座るつもりだ。

目的は何だ？　相手の意図を探り出せ。

「あ、そうだ」

明希星は突然、思いついたように口を開いた。

「自己紹介、まだだったよね。あたし、芹沢明希星」

「……凡田です」

「よろしく」

何だか知らないが、握手を求めてくる。人目があるなか、無駄に抵抗するのはまずい。

凡田が大人《おとな》しく手を握り返すと、明希星はぶんぶん、上下に振ってから尋ねてきた。

「で、制服なんだけど、いつ預かればいい？　今でも大丈夫？」

「……え？」

「だから、洗濯しないといけないでしょ？」

明希星は朝の続きを蒸し返してきた。

やけに制服に執着する。制服に何かあるのか？

そして、はっ、となった。

DNAサンプル。

シャツに残された皮膚組織からDNAを採取しようというのか。

かつての作戦中、凡田はデコイ《おとり》として偽のサンプルを投棄していた。いくつかの機関のデータベースに干渉し、遺伝子情報を書き替えることもあった。たとえ、DNAサンプルを渡したとしても、かつての活動や協力者へと結びつくことはないはずだ。

……いや、DNA自体は重要ではないのか？　凡田純一《じゅんいち》のサンプルを収集するのであれば、こんな回りくどいやり方でなくてもいい。こちらに気づかれない方法がいくらでもあったはずだ。

だとすれば、こちらの反応を見ているのか？　遺伝子情報を渡すことに対する抵抗感から、こちらの素性を探ろうというのか？

とにかく、この場合は渡すべきではない。戦略的な理由からも、偽装上の理由からも、凡田純一《ぼんだじゅんいち》が提供を断るのは自然なことだ。

「いや、本当に大丈夫ですから。さっき拭いたので」

「拭いたって……」

明希星《あきほ》は眉間《みけん》に皺《しわ》を寄せ凡田の胸元に顔を寄せた。

「ちょっと甘い匂いするよ？　凡田君。洗濯したほうがいいって」

「それにもうすぐ衣替えもありますし、そのときにクリーニングに出しますから」

「ええ……？」

凡田が繰り返し固辞すると、明希星は露骨に困った顔を見せ、じっと顔を覗《のぞ》き込んできた。

「……もしかして、怒ってる？」

今度は揺さぶりを掛けてきた。凡田は慌てた様子で言いつくろった。

「いえ、そういうことじゃなくて……！　もう、気にしないでください。僕もぼうっとしてたので」

やはり、裏に何かある。凡田は一分《いちぶ》の隙も打ち消すよう、心理戦防御態勢を取った。

2

……なんか、うまくいかないな。

じりじりとした空気の中、明希星は思案していた。

明希星の計画はこうだ。

制服を預かる。そうすれば今度は返さなくてはならない。連絡先を聞いてもおかしくない。そうこうしているうちに親しくなって、友達になる。

作戦自体はいい感じのような気がしたのに、凡田君は断固として制服を渡してくれない。

……もしかして見た目ではわからないがすごく怒ってるのだろうか？　明希星はたずねてみた。

「もしかして……怒ってる？」

「いえ、そういうことじゃなくて……！　もう気にしないでください、僕もぼうっとしてたので」

凡田君、優しいな。明らかに私がぶつかっていったのにな。

でも、この場合はちょっと困るのだ。

このままだと次に来る理由がなくなってしまう。だから、今のうちに友達になるきっかけを作らないといけない。

明希星はバッグに手を入れつつ、たずねた。

「そうだ。凡田君、お昼食べないの？」

「あ、話が終わってからで大丈夫なので……」

「……そう」

明希星《あきほ》はパンを出すタイミングを失った。

……そうじゃないんだけどなあ。流れで一緒に食べようか、ってやりたかったのに。

何かないだろうか？　不自然に思われないような、何か、ちゃんとした理由。

いっそのこと「一緒に食べない？」って聞いてみようか。不自然かな？　「友達になりたいんだけど」っていうのとあんまり変わらないような気がする。

凡田《ぼんだ》君、いつも一人でお昼食べてるんだっけ？　友達がいないって資料に書いてあったな、本当かどうか知らないけど。向こうから「一緒に食べよう」って誘ってくれたら楽なんだけどな。他の人とおしゃべりしながらとか、そういうのしたくないのかな。まあ私も一人だけど、そういうの別に興味ないから……。

そこで、はっ、となった。

理由あった！　何で気付かなかったんだろう！

よく考えたら私も『ぼっち』だったんだ！

3

じりじりとした時間が流れていた。

芹沢《せりざわ》明希星はバッグに手を突っ込みながら、何か思案している。

妙な間。わずか数十秒だが、数分にも数時間にも感じる。

芹沢明希星はこの場を去ろうとしない。昼食を一緒に食べようと水を向けてきたのを、やんわりと拒絶したのにそれでも帰らない。何か目的があるに違いない。

「あのさ！」

急に明希星が目を輝かせながら言った。

「凡田君っていつもは誰とお昼食べてるの？」

「いえ誰とも……」

凡田が答えるや否や、

「じゃあ、一緒に食べようか」

と、明希星はバッグからコンビニパンの袋を取り出した。

まずい。こいつは強引にでも居座るつもりだ。

どうする？　凡田の偽装からして、断る理由がない。偽装上、凡田はむっつりなのだ。女子には全く関心のない様子でありながら密《ひそ》かに女子と仲良くなりたいと思っているのが凡田純一《じゅんいち》なのだ。

こうなればアレをやるしかない。凡田は意を決して答えた。

「えっ、何？」

「だから、一緒にお昼食べようって言ったんだけど」

聞こえないふり作戦はやはり駄目だったか……。

芹沢明希星《せりざわあきほ》はもくもく、パンをかじりはじめた。凡田《ぼんだ》が怪訝《けげん》そうな表情を浮かべていると、明希星が言い訳するように笑みを浮かべた。

「ほら、あたしもぼっち？　だからちょうどいいかなって」

お前のようなぼっちがいるか……！

凡田は心中で絶叫した。

ぼっちはぼっちを見かけたところでコミュニケーションなど取ろうと思わないからぼっちなんだ！

4

ふんふふふん、ふんふふふん、ふんふふふっふーん。

昼休み。黒姫《くろき》は表面上は各クラスに配布する資料を抱えて、やる気も不満も見せずただ自分に課せられた役割を淡々とこなす優等生の偽装を完璧にこなしながら、心中ではショパンのワルツを口ずさみ完全に浮かれながら廊下を歩いていた。

今日は球技大会の資料を各クラスの学級委員に配付しなければならない。すなわち、自然にF組に行くことができるのだ。おりしもF組では席替えがあり、凡田君は前方ドア付近にいる。少なくとも十秒は凡田君に近づけちゃうのだ。全く興味がなさそうなフリをした上で、周辺視野で思う存分視姦《しかん》できちゃうのだ。

……待てよ？

もし、学級委員長の皆口《みなぐち》が見当たらなかったらどうなる？　その場合、近くにいた凡田君に、

「皆口さん知らない？」

と、尋ねるのが自然な流れではないだろうか。

それは考えてなかった……！　フェーズ１の段階で接触の可能性が浮上するとは……！

優等生的な杓子定規《しゃくしじょうぎ》的な義務感を前面に押し出しつつ話しかけるのは偽装の範囲を逸脱するものではない。しかし、問題は用件の緊急性がさほど高くないということだ。偽装上、優等生でスクールカースト最上位の橘《たちばな》黒姫は凡田君など歯牙にもかけない態度を取らねばならない。

だが！　今までなかった一対一での貴重な会話の機会である。もしもそうなったら、さりげない中にも好印象を与えなければならない。

そうこう考えている間にもＦ組は近づいてくる。ああ、もう少し時間があれば……。

「あ、橘さん」

教室に入った瞬間、学級委員長の皆口と目が合った。

安堵《あんど》と失望が混ざり合ったものを全く表に出さず、黒姫は皆口たちのいるＦ組主流派のいる窓際の席へと歩み寄っていった。

「ちょっといいかしら、球技大会のレギュレーションとメンバー申請書を配布しているんだけど」

「そうなんだ、わざわざありがとう」

これで用事終了である。橘黒姫《たちばなくろき》として速やかに次のクラスへと向かわねばならない。

まあ、いい。今日のところは凡田《ぼんだ》君を近くで見るだけで……。

『……凡田君、ちょっと甘い匂いしない？』

『そうですか……？』

そのとき、黒姫の視野がありえない異物を発見した。

凡田君の前の席。見知らぬ『女子生徒』がやたら親しげに凡田君に寄り添っている様を……。

一瞬、硬直した黒姫の前で、皆口《みなぐち》がプリントに目を落としていた。

「やっぱり橘さんはソフトテニス？」

「え？ 私はどうせ人数あわせだから、どこか足りないところかな」

「またまたー、テニス部よりすごいくせにー」

「そんなこと……」

黒姫は微笑しつつ、心中、絶叫していた。

誰あれ！ 誰あれえええええええ!?

どうして凡田君が女の子と一緒にいるの!? どうして襟元に顔近づけて匂い嗅いでる

の!?

前例がない！

凡田君はトイレで食事を摂《と》ることはあっても、昼休みを女の子と一緒に、しかも差し向かいで！　過ごすことなどなかったはずである！

あの席は……ソフトボール部の山川《やまかわ》か？　いや、違う。いま窓際の席で陸上部の石渡《いしわたり》と一緒にいるのを見た。

「種目って去年と同じでしょ？」

「ええと、日程表はもう出来上がってたかな」

ファイルから資料を取り出すふりをしつつ、身体《からだ》をひねり、その女子生徒の顔を確認しようとした。

見えなかったぁ！

奴《やつ》が凡田君のこと直視してたから、顔がこっちを向いてなかったぁ！

……落ち着け。落ち着きなさい。

橘黒姫は全校生徒の特徴を記憶している。生徒会の権限で、生徒に関する全てのデータを把握している。脳内の全校生徒のデータにアクセスし、ちらりと見た女子生徒の特徴を思い出した。

身長一七〇センチ超。各部位の長さ。上半身はジャージ姿でシルエットがはっきりしない。膝下の長さは……いや、なんでそんなにスカート短いわけ!?　どう考えても校則違反

じゃないの⁉

リストから容疑者の名前が浮かんでは消えていく。

三年A組、美山優《みやまゆう》？　違う、身長がやや足りない。二年D組、桜沢絵里子《さくらざわえりこ》？　違う、髪は急に伸びたりしない。新入生の鳴瀬川真《なるせがわまこと》？　違う、奴《やつ》はもうすでに彼氏を作っていて現在は中庭で昼食を取っているはずだ。

最終的に一人の名前が残った。

芹沢明希星《せりざわあきほ》？

二年E組、芹沢明希星は一匹狼《ローン・ウルフ》型の女子生徒だ。県外からの入学者で、校内に同じ中学の繋《つな》がりはなし。部活もやっていない。生徒たちの話題に上ることはほとんどない。黒姫《くろき》の記憶の片隅には、わずかな情報が残っているのみである。複数の男子生徒にアプローチされるも、ことごとく断ったというものだ。

それが何故《なぜ》、凡田《ぼんだ》君と一緒に……？

とにかく落ち着くのだ。偽装を乱してはならない。黒姫は皆口《みなぐち》に言った。

「それで相談があるんだけど……」

「何？」

「球技大会の実行委員になってくれる人、探してるんだけど心当たりないかしら」

「うーん、私、部活で忙しくて……」

「そう、そうだよね……」

どうでもいい会話を引き延ばしながら、同時に、黒姫は廊下側の声に意識を傾けていた。

『そうだ。凡田君、お昼食べないの？』

こいつ……！　まさか凡田君と一緒にお昼しようとしてるのか……!?

『あ、話が終わってからで大丈夫なので……』

『……そう』

あはは、あっさり拒否られてる。ほら、もう諦めて凡田君から離れなさい。

『凡田君っていつもは誰とお昼食べてるの？』

凡田君はいつも一人です。孤独を愛する人なんです。

『いえ誰とも……』

『じゃあ、せっかくだから一緒にお昼食べようか？』

は？　何言い出してるの？

凡田君、頑張って！　あなたは静かに昼休みを過ごしたい人のはずでしょう!?　誰かと一緒に食べるくらいならトイレで食事することも厭《いと》わない人でしょう!?　女の子に誘われたからって信念が揺らぐ人じゃないでしょう!?

『えっ、何？』

そうこなくては！　流石《さすが》は凡田君！　凡田君はそんな雑なハードコンタクトに耐えられる男の子じゃないんだから！

『だから、お昼一緒に食べようって言ったんだけど』

お前のメンタルにはタングステンでも混じってるのか！　普通そこは引くところじゃないの⁉

『ほら、あたしもぼっち？　だからちょうどいいかなって』

お前のようなぼっちがいるかあああぁぁぁ！

ぼっちっていうのは凡田《ぼんだ》君みたいな孤高の人のことを言うの！

あーもういらいらするぅ！

「どうしたの？　橘《たちばな》さん」

どうしたもこうしたもない！　私は今、緊急事態でそれどころでは……。

はっと我に返った。

皆口《みなぐち》が不安そうにこちらの顔を覗《のぞ》き込んでいた。

「大丈夫？」

「あ、ごめんなさい。ちょっとぼうっとしちゃって……」

「いろいろ忙しそうだもんね。あまり無理しないでね」

皆口は形ばかりの気遣いを見せつつ、話を切り上げたい雰囲気を出していた。

もう時間は引き延ばせない。これ以上、居座ることはできない。皆口と別れ、教室前部ドアに向かう。

周辺視野で芹沢《せりざわ》明希星《あきほ》の後ろ姿を焼き付けた。

同時に、黒姫《くろき》の中で明希星は『観察不要』から『最重要警戒対象』へと格上げされた。

5

放課後。校内のロータリー。

八木薫子《やぎかおるこ》がいつものようにリンカーン・コンチネンタルの傍らに待機していると、やがて玄関から黒姫が早足で現れた。

「おかえりなさいませ」

「………！」

黒姫は一礼する薫子を無視して後部座席に乗り込んだ。いつもと違う様子に怪訝《けげん》に思いながら、薫子はドアを閉め、運転席に滑り込む。

「どうかなさいました？　ずいぶん、ご機嫌ななめのようですが」

「あれ！　例の！」

「今？　ここで？　私は構いませんが……」

「早く！」

薫子が肩越しに差し出した封筒を奪い取ると、黒姫はまだ校内だというのに封を開ける。食い入るように凡田君監視班からの報告書を読み始めると、段々と黒姫の肩がふるふる震えはじめた。

「情報が遅い！」

黒姫《くろき》がファイルをばちん！と閉じる。

「朝からもう八時間も経《た》ってるじゃない！　どうしてすぐ報告しないの！」

「だってお嬢様、学校だったじゃないですか」

「凡田《ぼんだ》君に女の子が接触してるんだからデフコン《準備態勢》でいったらスリーくらいでしょ！　緊急事態なの！」

バックミラーの中、黒姫が両手をぶんぶん振りながら激昂《げきこう》する。

「で！　芹沢明希星《せりざわあきほ》についての調査書は!?」

「……芹沢？　誰です、それ」

「朝、凡田君とぶつかった子！」

「へえ、あれアキホちゃんっておっしゃるんですか。かわいらしいお名前じゃないですか。ちなみに調査書なんてありませんが」

「何でないの!?」

「さっきから話が飲み込めないんですが、そのアキホちゃんが何かやったんですか？」

黒姫は後部座席で戦場の凄惨さを訴えるように手をわななかせた。

「あのね……！　凡田君と一緒にお昼食べてたのよ……！」

薫子《かおるこ》は二リットルほどため息をついた。

「……それだけですか？」

「それだけで十分でしょ！」

　黒姫はシートベルトに引っ張られながら身を乗り出してきた。

「とにかく芹沢明希星にも監視を付けて！　二四時間態勢、こいつには盗聴でも住居侵入でも何でもやっていいから素性を明らかにし、目的を探り出すのよ……！」

「駄目です」

　まっすぐ前を見て運転しながら、薫子は即座に拒否した。

「もう人手は割けませんよ。凡田君を監視するのにどれだけ苦労したと思ってるんですか。幹部連中の目を誤魔化《ごまか》すの大変だったんですよ？　あっちこっちのペーパーカンパニーから資金流して、人材集めて……。これ以上やったら不審がられますよ」

「………………」

　黒姫は後部座席に戻り、窓の外を眺めてから、ふっ、と笑った。背もたれに身を預け、悠然と腕組みする。

「……なるほど。薫子、あなたね？　芹沢明希星はうちの諜報員《ちょうほういん》なのね？　私に黙って凡田君に直接接触させたわけね。本来、命令逸脱は見逃せないけど今回だけは許してあげるからそうだと言って」

「現実逃避してるところ申し訳ありませんが、こんなアプローチするボンクラ諜報員がいるわけないじゃないですか。いたらクビどころじゃ済みませんよ」

「じゃあ、何なの！　こいつは！」

　黒姫はファイルをばんばん叩《たた》くと、顔を青ざめさせて俯《うつむ》いた。

「ま、まさか、あの子、凡田《ぼんだ》君のこと、す、す、す、好きなんじゃ……」

「そんなわけないでしょう？」

「地形を思い出せ。芹沢明希星《せりざわあきほ》が飛び出してきた路地は今年の四月、ルートの一部が封鎖されて駅方面からは来られないようになっている。奴《やつ》が凡田君を待ち伏せしていたのは間違いない」

「錯乱するか冷静になるかどっちかにしてもらえませんか」

薫子《かおるこ》は再びリッターで嘆息した。このままだと、また本業の方に支障が出かねない。薫子はとりあえず思いついたものを口に出した。

「金目当てじゃないんですか？　制服汚したとか怪我《けが》したとか因縁つけて」

「……本当に？」

「凡田君に興味持つようなのは普通いませんよ。あなたじゃないんですから」

「…………」

ちらり、バックミラーを見る。黒姫《くろき》は渋面を浮かべたまま、何か思案しているようだった。

6

芹沢明希星の目的は何か？　その答えを見つけることが出来ないまま、凡田は朝を迎えた。

洗面台の前に立つ。普段より一層、不健康そうな青白い顔が鏡に映っていた。

本能が「学校をサボれ」と告げてくる。しかし、奴の目的がわからない以上、偽装を離れるのは危険だった。女の子とお近づきになった以上、今日はいつもよりも気合いを入れて学校へ行かねばならない。それが凡田純一《じゅんいち》という人間である。

だが、まったくの無策というわけではなかった。

リスクを回避する。四限目終了とともに、凡田は素早く、かつさりげなくロッカーに向かいリュックを掴《つか》んだ。向かう先は特別教室棟のトイレである。

久しぶりの便所飯である。

入学当初は徹底的に人目を避けるために昼食はトイレで済ませていた。偽装の甲斐《かい》もありすっかり存在感を失った現在では教室で食べることも可能になっていたのだが、再びこの生活に戻ることになるとは……。

廊下は学食に向かう生徒たちで溢《あふ》れていた。人の波に紛れ、凡田は階段へと向かう。

「凡田くーん！」

「！」

やけに大きな声。おそるおそる振り返ると、芹沢明希星が手を振っていた。

「どこ行くの？　学食？」

「あの、外で食べようと思って……」

「外？　ああ、天気いいしね。じゃ、行こうか」

もう一緒に昼食をとるのが当然のことのように明希星《あきほ》は微笑《ほほえ》んだ。

◆

危ない危ない。危うく見失うところだった。

明希星は凡田《ぼんだ》君の隣を歩きながら、安堵《あんど》する。

今日からは質問リストを埋めていく予定だったのだ。リストを埋めるためにはおしゃべりの時間を確保する必要がある。昼休みはそれにぴったりだ。ごはん食べながらいい感じに情報を引き出すだけだ。

中庭にさしかかったところで、ちょうど空いているベンチが見つかった。

「ここにしようか？」

「え……？　あの……」

「何？」

「……いえ、何でも」

凡田君は頷《うなず》く。

明希星はベンチに腰掛け、バッグを凡田君の反対側に置いた。パンを取り出すと同時に、中に隠しておいたスマホを手に取ってメモアプリを立ち上げる。全部は憶《おぼ》えられないから、リストはアプリにメモしてある（さすがに組織の人も全部憶えられるとは思ってないだろうし）。

あとは自然な感じで会話しながら、凡田君のことを聞き出すだけだ。

とりあえず聞きやすいところで……、まずは家族構成あたりかな。

◆

捕まった……。

明希星の半歩後ろを歩きながら、凡田は自分が厄介な事態に巻きこまれていることに気付いた。

芹沢《せりざわ》明希星という人間はとにかく目立つのだ。

一七〇センチ超の長身。明るい色の髪。スタイルも容姿も目を引く。やけに大声で話し、その度に他人の視線を集めている。暗夜のビーコンのように、はっきりと存在を主張していた。

目立つことは避けたい。凡田はとりあえずプール脇のスペースを目指していた。日当たりは悪く、部室棟からも遠く、昼休み時の動線からは大きく外れている。今の季節、あそこなら人目を避けることができる。

中庭にさしかかったところで突然、明希星がベンチを指さした。

「ここにしようか」

中庭の一角にある東屋《あずまや》。一段高くなった基礎部分の上に小綺麗《こぎれい》なベンチが据え付けられている。彼女が指したのはよりにもよって一部では『カップルシート』と呼ばれている、あまりのマークのキツさにカップルはまず座らないベンチだった。目立ちたくない凡田《ぼんだ》にとっては最悪の選択肢である。

「え……？　あの……」

「何？」

明希星《あきほ》は何か予定があるのか明らかに苛立《いらだ》った様子を見せた。目立つのは避けたいが、反抗するのも危険だ。凡田は大人《おとな》しく指示に従うことにした。

明希星はさっさとベンチに座り、長い脚を組む。凡田は少し距離を置いて座った。明希星はバッグからパンを取り出し一口食べると、質問を始めた。

「凡田君さ、兄弟とかいるの？」

「妹が一人いますけど……」

「へえ、何歳？」

「中学三年だから確か……十五だったような」

凡田は偽装通り、設定を矛盾なく答えつつ、警戒レベルを一気に高めた。

こいつ、俺の偽装に疑いを持っているのか？

凡田純一《じゅんいち》の偽装にとって家族構成は弱い輪の一つだった。設定上の家族は存在するし、裏を取られたときの対策もある。それはあくまで学校や役所の形式的な調査を潜《くぐ》り抜《ぬ》けるには十分であるが、その筋の組織に徹底的に掘られた場合、耐えられるものではない。

ここに来て、一つの可能性が浮上した。

重圧《プレッシャー》。こちらに精神的な圧力を掛け、偽装を逸脱するのを待っているのか？　だとすれば、こいつの目立とうとする態度も理解できる。衆人環視のプレッシャーの中、俺が転ぶまで終わらないウィンナーワルツを演《や》ろうというのだ。

「ふうん、そうなんだ」

自分で聞いておきながら、興味なさそうに明希星が言った。その態度は旧共産圏の官憲《かんけん》に酷似しており、凡田の仮説を補強した。

『同志凡田、君に兄弟はいるか？　では同志凡田、その妹はいくつかね？　次の質問だが……』

明希星の質問が続く。中学時代の話。部活の話。趣味の話。

一見、差し障りのない話。見せかけの火を焚《た》いたのだ。尋問官は本線の質問を悟られないよう、いくつもの囮《おとり》を撒《ま》く。落ち着け、俺はこういうときのために訓練を受けてきたのだ。自分が偽装経歴から外れることはありえない。

明希星は凡田の顔を覗《のぞ》き込んできた。

「凡田君って彼女いるの？」

「いえ、いませんけど……」

他人から見れば、明希星《あきほ》が凡田純一《ぼんだじゅんいち》に気があるだけに見えるかもしれない。

凡田は即座ににその可能性を排除した。凡田純一《じゅんいち》の偽装は誰からも興味も好意も敵意も持たれないよう、心理学・人間工学に基づきデザインされている。芹沢《せりざわ》明希星のような人間が何の前触れもなく凡田純一に興味を持つ理由がないのだ。その背後にはもっとおぞましい理由があるに違いない。

「彼女がいたことは？」

「ないです……」

「その間、彼女作るつもりはあった？」

「…………」

尋問は延々と続いていく。黙秘権などはない。偽装上、黙秘するという選択肢もない。女子との会話がほとんどない凡田純一にとっては話をするだけで嬉《うれ》しいのだ。それが凡田純一という人間なのだ。

「じゃあじゃあ、凡田君は付き合うとしたらどんなタイプがいい？」

「考えたこともないので……」

「ええ……？」

明希星はそう言うと、ちらり、脇に置いてあるバッグの中に視線を落とした。何を見ている？　スマホか？　明希星は再び顔を上げ、質問を続けた。

「だったら芸能人にたとえると誰？」

凡田は唖然《あぜん》となった。

まさか、質問のリストを見ているのか？

あり得ない。どんな諜報員《ちょうほういん》であろうと、質問者の目の前でリストを見ることなどあってはならない。そんなことを話す組織は存在しない。

凡田の脳裏を白い光が走った。

芹沢明希星が諜報員であるはずがない。

明希星が飛び出してきた路地。あそこは今年四月から駅前からの通り抜けは出来なくなっていたはずだ。いつだったか、生徒たちが騒ぎすぎたために、地権者からのクレームがつき、結果、通行止めとなっていた。

つまり、芹沢明希星は凡田純一を待ち伏せしていた。

そして、本職の諜報員であれば、このような証拠を残すはずがない。

こんなことにも気付かないなんて、俺は何を考えていたんだ！　ただの女子生徒に工作員の影を見るなんてよほど追い詰められていたに違いない。

ネガが反転するように、世界に色が戻っていく。陰謀に満ちた世界が日常へと帰っていく。

何てことはない。これはただの色仕掛け《ハニートラップ》なのだ。

無邪気で無慈悲な女子生徒たちが凡田純一という存在をからかうための『ゲーム』なのだ。

7

生徒会室。

「お茶が入りましたよ」

「ありがとう橘《たちばな》さん。ああ……いい香り」

その日は生徒会室での昼食会が行われていた。あまり活動が活発でない生徒会において学年を越えた交流を図るべく橘黒姫《くろき》主導で取り入れた制度である。

その中、橘黒姫はいつもの通り、完璧超人の佇《たたず》まいで過ごしていた。

だが内心では、凡田《ぼんだ》君と芹沢明希星《せりざわあきほ》のことが頭から離れなかった。自分で昼食会を企画しておきながらこんなことを言うのはなんだが、こんなことをしている場合ではないのだ。

凡田君だって一年に一日くらい、女子と話すこともある。きっと強請《ゆす》られている。薫子《かおるこ》の言葉に一縷《いちる》の希望を託し、普段の、偽装通りの生活を送っていた。

それは自分を誤魔化《ごまか》しているに過ぎなかった。

この一年、心の底で危惧していた事態がついに起こってしまったのである。

凡田君のことが好きな女の子が現れたのだ。

芹沢明希星が凡田君とぶつかった路地、あそこは駅からは通り抜けできなくなっている。だとすれば、明希星はあそこで待ち伏せし、わざと凡田君にぶつかったのだ。そして、それをきっかけに教室に押しかけ「一緒にごはん食べよう」などと……。

その強引な手練手管、そしてスカートの長さから見て、芹沢明希星は恋愛の達人の可能性がある。今頃、凡田君といちゃいちゃしてる可能性があるのだ……！

しかし、手の打ちようがない。

今日はF組に行く用事がないし、昼食会をサボるわけにもいかない。

十分な人員がいれば（そして、薫子にバレなければ）手の打ちようなどいくらでもあるのに。

そんな考えはおくびにも出さず、黒姫は完璧な偽装を続けていた。

「おかわりいかがですか？」

「ありがとう、いただこうかしら」

黒姫はティーポットを手に立ち上がり、窓の外の光景を見て、一瞬、固まった。

中庭のベンチに凡田君、そしてあの芹沢明希星がいた。

ごわん、と世界が歪《ゆが》む音がした。

そのベンチは俗にカップルシートと呼ばれ、あまりのマークのキツさにかえって誰も座らないという曰《いわ》く付《つ》きのベンチである。

芹沢明希星は凡田君の顔を覗《のぞ》き込みながら何やら積極的に話しかけている。

黒姫は「あら、ベンチに誰かいるわ」感を最大限に発揮《はっき》して、自然に明希星の唇を凝視した。

『凡田《ぼんだ》君って彼女いるの？』

こほっ、と黒姫《くろき》は軽く咳《せ》き込《こ》み、ティーポットを置いた。

「ごめんなさい、少しむせてしまって……」

「大丈夫？」

「ええ、ちょっと失礼します……」

黒姫は生徒会室を辞した。それから、不自然にならない程度の早足で体育館への連絡通路を進むと、女子トイレに駆け込んだ。

「げほっ！　げほっ！」

洗面台の前で激しく噎《む》せ返《かえ》る。誤嚥性《ごえんせい》肺炎の危険を冒《おか》しながらも、黒姫は完璧な身体コントロールでここまで耐えたのだ。

蛇口を開き、髪をまとめると顔をばしゃばしゃと洗った。顔を上げると鏡には眼《め》を血走らせた自分の顔が映っている。

何が強請《ゆす》りだ！　完全に口説きに掛かってるじゃないか！　薫子《かおるこ》の嘘《うそ》つき！　薫子のバカ！　帰ったら散々に責め立てて……！

廊下からの足音。黒姫は平然を装い、ハンカチで顔を覆った。

落ち着きなさい、橘《たちばな》黒姫。

ほら、読唇術ってそんなに精度が高い技術じゃないでしょう？　あれは普段一緒にいる相手だから経験とか雰囲気とかで補足して何を言ってるのかわかるってだけで。それはまあ私は結構、自信はあるほうだけど。でも、間違いを犯すときもあるかもしれないじゃない？

それに「彼女いる？」っていうのが凡田君に気があるっていうのもちょっと先走り過ぎた。単に事実を確認してるだけかもしれないし。言葉の裏を読み過ぎてしまったな。

身なりを整え、普段の完璧超人に戻った黒姫はトイレを出た。連絡通路の窓から、やはり自然な様子でちらり中庭を見下ろし、明希星《あきほ》の唇を凝視した。

『じゃあじゃあ、凡田君って付き合うとしたらどんなタイプがいい？』

「…………」

黒姫は一歩あとずさり、ターン、再び早足でトイレに駆け込み、周囲に人がいないことを確認すると、今度は個室に入って鍵を掛けた。

「げほぉっ！　べほぉっ！　かはっ！　えほっえほっ！」

疑う余地はない。奴《やつ》は凡田君に完全に気がある……！

その事実は黒姫に決意を促した。

もうこうなったら多少強引であっても『フェーズ7』に移行するしかない……！

五、ビター・スイート・ハニー・トラップ

1

橘《たちばな》邸、一室。

暗闇に、無数のモニタが光を放っていた。

映し出されているのは様々な能面。飛び交っている声は奇妙な合成音。

〈翁《おきな》〉は円形の部屋の中心に椅子を置き、それにもたれかかり、彼らの話を聞いていた。

映っているもの、全てが偽りだった。

聞こえるもの、全てが偽りだった。

《御伽衆《おとぎしゅう》》御前会議。幹部が集まり、情報を交換するための場。

たわいのない催しだった。

遊興心のあった祖父の名残《なごり》。お互いに手持ちのカードを探り、交換する。外での諜報《ちょうほう》ゲームでは満足できず、仲間内でさえ、その遊びに興じている。

つまらないゲーム。

「それはそうと〈翁〉。奇妙な噂《うわさ》を耳にしまして」

モニタの一つから老人の声が流れる。そこには口元を歪《ゆが》めた面が映し出されていた。

暗号名〈火男《ひおとこ》〉として知られる幹部《ハンドラー》。先代の補佐を務めていた男で組織では古参の部類だ。管轄は中国沿岸部、とされているが正確な範囲を知る者はいない。《御伽衆《おとぎしゅう》》の組織は細分化され、幹部同士でさえ、お互いのはっきりとした活動内容を知ることはない。それが組織のやり方だった。黒姫《くろき》は青年の声を作り、たずねた。

「つまらない話なら会議を終わるぞ」

「〈偉大なる飛鷲《グレート・チーフ・フライング・イーグル》〉が生きていると」

幹部たちの合成音がざわめく。

黒姫は頭の中から、その言葉を瞬時に引き出した。

突然、〈火男〉のモニタが変調した。画面を膨大なログが流れていく。

「そうです。伝説の工作指揮官。終末時計を一分押し戻した男。先代が追っていた、最後の事案です」

◆

〈飛鷲《フェイジウ》〉にはそれとは別に複数の呼び名があった。

〈怪物《モンスター》〉とはその一つである。『フランケンシュタイン』から来ている。彼／彼女の活動は全世界に散らばっており、かつ断片的な情報しかなく、その経歴はつぎはぎだらけであったからだ。

そのため未《いま》だに〈飛鷺〉が一人の人間であることに疑いを持つ者は多く、その実在を断定したCIAの内部でも意見が分かれていた。

つぎはぎで作られた想像上の存在。そういう皮肉が込められた仇名《あだな》だった。

彼、あるいは彼女なのか、まずそれさえもわからない。

国籍も、年齢も不明。であるが、ひとまず彼／彼女は実在するという前提で話を進める。

本名も不明である。便宜上、ここでは〈飛鷺〉と呼ぶことにする。名。彼／彼女の複数の名前の中でも最も知られたものだからである。

飛鷺がはじめて観測されたのは四年前のシンガポールのことである。

四月某日、華人系投資ファンドの幹部が誘拐された。

犯人からはその日のうちに身代金の要求があった。会社は保険を使って金を用意し、次の連絡を待った。警察は網を張り、犯人を待ち受けた。が、その後、連絡は途絶えた。

数日後、市内でその幹部が発見された。

無事だった。身代金の受け渡しもなく、幹部は解放されたのだ。

犯人の目的は身代金ではなかったことが明らかになったが、それは数年後のことである。

各情報機関が事件を精査したところ、そのファンドが買収したソフトウェア企業の秘匿技術が目的であり、その技術によって国際核兵器密売シンジケートのネットワーク情報が引き出されていたことが判明した。それが一連の事件を関連付ける根拠となった。

その後、〈飛鷲《フェイジウ》〉は渡り鳥のように、世界中で活動を続け、七つの事件に関わったとされる。

中東。英シティ。スペイン。中南米。アメリカ東海岸。中国沿岸部。

その事件の内容も、諜報《ちょうほう》、資金強奪、誘拐、破壊工作、暗殺と多岐に渡っていた。

《白雪機関》の名称が捜査線上に浮かんだのはシンガポールの事件から二年ほどのちのことである。

NSAがビッグデータの解析を進める中で、事件とネット上での単語群に関連性を見いだしていた。

それがSWD7をはじめとする一連のコードであった。事件が起こる前後、それらの出現率が大幅に上昇するのである。

他の情報源からの単語を組み合わせた結果、そのコードに対してはいくつもの仮説が立てられた。

もっともらしい答えが、『白雪機関・第七課』であり、それこそが飛鷲を操っている組織であると推測された。

名前がわかったところでその正体は不明であった。

いかなる政府機関も公式・非公式で関与を否定した。武装組織や反政府組織が事件が自分たちの犯行であると声明をあげたが相手にはされなかった。


彼の評価は大きく分かれる。

『終末時計を一分押し戻した工作指揮官』というのは彼を肯定する立場の人間から生まれた名前である。〈飛鷺〉が標的としていたのは核兵器密売シンジケートであり、その壊滅に大きく貢献したからである。

一方で、『新時代のテロリスト』とも評された。その見方を採っていたのは彼に否定的な、つまり世界のほとんどの治安維持部隊、法執行機関だった。

あるとき、ある政府機関が離反者を確保した。

まだ十代の少年は、〈飛鷺〉の側近に会ったと証言し、彼らのやり方を説明した。

特徴的なのはそのリクルートの手口であった。

〈飛鷺〉は現地に単独、あるいは多くて数人で潜入し、現地でリクルートを行う。

その対象は未成年者であった。現地の少年少女に近づき、取り入り、支配し、訓練し、作戦に従事させる。その非人道的手段は俄《にわか》には信じられないものであったが、のちの調査の結果、多くの部分で事実だと裏付けされた。

〈飛鷺〉とはそのときに付けられた名である。有名なアニメーションに登場する『偉大な《グレート・チー》る『飛鷲《フライング・イーグル》』に由来する。

そして、およそ二年ほど前、〈飛鷲《フェイジウ》〉は姿を消した。

諜報《ちようほう》世界には当然のように噂《うわさ》が流れた。

〈飛鷲〉は死亡した。作戦中に命を落とした。組織に裏切られ、消された。あるいは牢獄《ろうごく》の中にいる。そもそも〈飛鷲〉は存在しない。

その全て、真偽は不明である。

◆

「これをご覧ください」

黒姫《くろき》はモニタに映し出された膨大なログに目を通す。

「NSAの分析結果です。過去の事件を洗い出した結果、活動の前後、インターネット上に特定の単語が増える傾向を突き止めました。この二年間、その動きはなりを潜めていたのですが、ここ二月ほどで再びその動きが……」

「ネットの書き込みが根拠だというのか？」

黒姫は口を挟んだ。

「確か、その〈大飛鷲《ダーフェイジウ》〉は死んだはずでは？　先代は奴《やつ》の正体を突き止めるまでには至らず、〈飛鷺〉が消えてからは失意のうちに亡くなったと」

「さようでございます」

〈火男《ひおとこ》〉の面がモニタの中でふざけた仕草で目尻に袖を当てた。

「最後の最後に成し遂げられなかったこと、さぞや無念だったでありましょう」

「切るぞ」

「お待ちくださいませ」

モニタが切り替わった。今度は街頭の様子。背景を見ると上海《シャンハイ》のようだ。行き交う雑踏を眺めていると、映像が一時停止された。中心にいるのは白人男性だ。

「複数の情報源が〈飛鷺〉を名乗る男の存在を捉えました。ここ二月ほど、マレーシアの市場に現れ、兵器を買《かい》い漁《あさ》っていると」

「それで私にどうしろと？」

「はい。是非、〈翁《おきな》〉直々に調べていただきたいと」

「私はお前らの使い走りではないぞ」

「おお、何と嘆かわしや……。〈翁〉がそんなことをおっしゃるとは。先代も草葉の陰で泣いておることでしょう……」

「それをやめろ」

「これは先代の遺志でもあります」

〈火男〉が言った。

「この〈飛鷲《フェイジウ》〉には我々の情報網も被害を受けて来ました。だからこそ先代も報復を誓ったのです」

◆

部屋に明かりが灯《とも》り、元の瀟洒《しょうしゃ》な広間に戻った。

薫子《かおるこ》が音もなく、直立不動で傍らに控えていた。

「御苦労さまです」

「資料を用意しろ」

黒姫《くろき》は面を外し、薫子の手にしていたトレイに乗せた。

「お祖父《じい》さまの書斎に〈飛鷲〉についての資料があったはずだ。探して持って来い」

「かしこまりました」

「部屋にいる」

言い残し、黒姫は部屋を出る。廊下を進み、自室へと入る。

瞬間、ドアに鍵。耳をそばだて追跡者がいないか確認すると机のスイッチを入れた。同時に引き出しに隠していた紙袋を掴《づか》むと現れた地下への階段へそそくさと飛び込んだ。

一段飛ばしに階段をおり、一秒にも満たない間に鉄扉のロックを解除。室内に入り、セキュリティを再確認。

時計を確認した。時間の猶予は五分もあるまい。薫子であればその間に資料を用意してくるはずだ。

壁の一部から凡田《ぼんだ》君の資料を剥《は》がす。その奥から壁に嵌《は》め込《こ》まれた鏡が現れた。黒姫は紙袋からベルトを引き出す。スカートのホックを外す。そして、いつもよりも引き上げ、お腹《なか》にベルトを巻き付ける。あとはシャツの裾で上部分を隠せば準備は整う。

鏡は高い位置にあるため、このままでは姿見にはならない。意を決し、黒姫はパイプ椅子を足場にスチールデスクの上に立った。

鏡に映った芹沢明希星《せりざわあきほ》もかくやというほど短いスカートを穿《は》いた己の姿を見て、黒姫は戦慄した。

思ったよりもすーすーする……！

普段の校則準拠のスカートに比べると、何も穿いてないような心細さである。コンクリートからの冷気にさらされ、一層、寒い。脚を組むと、もう大腿部《だいたいぶ》が丸見えなのではないかというくらい露出する。

少し膝を曲げ、ポージングしてみる。背中を向けてみる。パイプ椅子をデスクの上に置き、芹沢明希星のように見せつけるように脚を組んでみる。

悪くない！　はず！

私だって見た目には気を遣っているのだ。ちゃんと本気になれば芹沢明希星くらいのスペックを発揮《はっき》することくらい容易《たやす》い。だが……。

勝てるだろうか……これで……!?

相手は芹沢明希星《せりざわあきほ》である。見るからに恋愛偏差値高めなあの女である。

総合的に見れば、自分が芹沢明希星に負けているとは思わない。

だが、身長差はいかんともしがたい。脚の長さでは向こうに軍配が上がる。奴《やつ》は凡田君《ぼんだ》の前でその長い脚を組んで見せびらかすのである。そればかりではない。生命力にあふれた健康美を武器に、十代男子に対しては即効性のある性的な訴求力をもって彼を誘惑するのだ。

一方、私である。

古き良き日本的な奥ゆかしいスタイルである。古き良き日本的な価値基準に寄与したオードリー・ヘップバーンに類するクラシックスタイルである。ベクトルが違うから単純比較はできない。できないから勝ち負けはつかないんだけど!

しかし、こうなるといっそ優等生としての清楚《せいそ》さを押し出したほうがいいのではないか。

一度、フェーズ7は留保して……。

ぶんぶん、かぶりを振った。

……いや、駄目だ。一刻の猶予もないのは客観的な事実だ。

私は凡田君を信じてはいるけども、でも凡田君も男の子なのだ。目の前に色気がぶら下がっていたらなびいてしまうのはやむを得ないところだ。そういうところ、私はちゃんと理解もあるし寛容でもある。だって男の子がそうなっちゃうのは健康な証拠なんだから……！


「入れ」

ドアをノックすると黒姫《くろき》の声が返ってきた。

薫子《かおるこ》が部屋に入ると、黒姫は机の上で何やら作業をしていた。

「資料をお持ちしました」

「御苦労」

古びたファイルを抱え、薫子は机に歩み寄った。机に置くと同時に、目の前に紙片が突き出された。

「新しい質問リストだ」

黒姫は手元のファイルに目を落としながら告げてくる。

「作戦目標の性的嗜好《しこう》、異性との性的交渉の有無、回数。全て洗い上げろ」

「……もう一回言ってもらっていいですか？」

薫子は聞き返した。黒姫はもう一度、告げてきた。

「作戦目標の性的嗜好、異性との性的交渉の有無、回数。全て洗い上げろ」

「もう一回言ってもらってもいいですか？」

「作戦目標の性的嗜好、異性との性的交渉の有無、回数。全て洗い上げろ」

「もう一回、私の目を見てはっきり言ってもらっていいですか？」

「凡田《ぼんだ》君がぁ……あのぉ……女の子と……その、エッチなこととか……したことあるのかなぁって……知りたいんだけど……」

「凡田君が童貞かどうか調べろっていうんですか」

「言葉が強い！」

黒姫《くろき》が机をべしべし叩《たた》いた。薫子《かおるこ》はリッターでため息をついた。

「あの、通常業務のような顔をして凡田君案件を紛れ込ませるのはやめてもらっていいですか？　万が一、間違えますとえらいことになりますので。あと、これを調査する必要性を全く感じないんですけど。凡田君どうせ童貞ですよ」

「そんなのわかんないでしょ！　あとど……っていうのやめて！」

「何いまさら照れてるんですか、気持ち悪い。大体、調べてどうするんですか？」

「準備が必要でしょう！　心の準備が！」

「準備というのは鏡の前で見せてたあの短いスカートのことですか？」

「…………え？」

「あれが透視鏡だということはご存じですよね。あそこが元々、尋問室だということを何故《なぜ》、お忘れに？」

「あああああああああ！」

絶叫しながら机の下に潜り込んだ黒姫は、少ししてから顔を覗《のぞ》かせた。

「……で、どうだった？　悪くなかった？」

「もう面倒くさい……」

「声、出てるけど」

「どうせ知ったところで何もしないわけですから。大体、凡田君に近づけもしないのに……調べてどうするんですか」

「今度はちゃんとやるもん！」

黒姫がぶんぶん、両拳を振るう。

「芹沢明希星《せりざわあきほ》に先を越されるわけにはいかないの！　一夏の経験を前倒しされるわけにはいかないの！　わかったらさっさと調べるように言って！」

「………」

薫子は再び嘆息した。

2

この時期の体育の授業は球技大会へ向けての練習であった。

凡田はドッジボールの外野で参加しているのかしていないのか、わからない態度でやり過ごしながら、前髪の隙間から女子グループの様子を窺《うかが》った。

Ｅ・Ｆ組は合同での授業であるため、芹沢明希星の姿もあった。屋外のバレーボールコート。見つける必要もないほど彼女は目立つ。長身というだけではない。動作自体、どこかアスリートじみていて、他の生徒とは明確に違うのだ。

彼女は罰ゲームで凡田純一《ぼんだじゅんいち》に接近するよう命じられた。あるいは、凡田純一に色仕掛け《ハニートラップ》をするために接近した。

そう仮定したのはいいのだが、調査はすぐに行き詰まった。

明希星《あきほ》の背景がわからないのである。

彼女の人脈がどこで始まっているのか、どこと繋《つな》がっているのか、それが全く見えないのだ。

クラス内に友人がいない、という彼女の言葉は体育の授業を見れば明らかだった。明希星は誰とも会話を交わしていない。誰からも距離を取っている。

では、部活関係？

書類上、明希星は部活動には属してはいないが、かつて、バスケ部、バレー部からスカウトを受けたことがあるらしい。そこに繋がりがあるのか。

それでは説明のつかないことがある。部活動体育館系主流派の女子生徒はE・F組にも在籍している。彼女たちはそういうことをやる可能性はあったが、しかし、明希星と接触している様子はない。

結局のところ、明希星が凡田以外と話しているのを見たことがないのだ。

人手が欲しい。

単独行では、出来ることにあまりにも制限がありすぎた。他に信用できる人間がいれば、芹沢《せりざわ》明希星を監視し、その背後を突き止めることなど容易だったはずだ。

芹沢明希星と、目が合った。

彼女は『頑張れ』なのかわからないが、とにかく右手で意味不明なジェスチャーをした。

どこからか笑い声が聞こえてきた。

明希星から離れたところ、女子生徒数人（体育館系主流派）がこちらを見ていた。明希星自身は全く、気づいていないようだった。

凡田が顔を伏せると、さらに笑い声が膨らむ。

この数日で事態は悪化しつつあった。

副次的な問題、明希星の巻き添えを食う形で凡田純一まで注目を浴びるようになったのである。

教室での噂《うわさ》から、芹沢明希星が元々、注目を浴びていた存在だということが判明した。

スポーツテストでは異常な数字を叩《たた》き出《だ》した。部活動のスカウトを受けた。先輩から告白された。モデルをやっている。いや、ヤバいバイトをやっている。悪い奴《やつ》らとつるんでいる。有象無象、裏のほとんどとれない精度の低い情報。水中の澱《おり》が舞い上がるように、噂が再燃し始めている。

問題なのは、明希星が凡田純一に気がある、というゴシップが流れ始めたことだった。

今朝《けさ》、明希星が教室に顔をのぞかせ、

「おはよー」

小さく手を振っていったときには、ざわめきがはっきりと聞こえた。クラスメイトたちが興味を示し始めたのである。

情報の伝達速度から見て、部室棟系・体育館系の二系統から拡散されたと考えられる。体育館系はおそらくバスケ部主流派によるもの、部室棟系は山川《やまかわ》さん（ソフト部）が端緒である。それはつまり学校中に広まるのも時間の問題だということである。

これ以上、注目を浴びるのはまずい。一刻も早く手を打たなくてはならない。

「おつかれー」

校舎の手前で芹沢明希星《せりざわあきほ》が追いつきざま、凡田《ぼんだ》の背中をぽんと叩《たた》いた。前を行く男子の数人が振り返ったのが見えた。

「おつかれさまです……」

凡田は目立たないよう、消え入りそうな声で答える。そんな様子を全く気にすることなく、明希星は笑いながら言った。

「何？　凡田君、運動苦手なの？」

「はい……」

「あはは。イメージそのままだね」

凡田は愛想笑いを浮かべた。女子からのものであれば、こういう質問にも嬉《うれ》しそうに答えなければならない。凡田純一《じゅんいち》とはそういう人間である。

「そうだ。今日、放課後ヒマ？」

緊張が走る。それを表情には出さずに、慎重に返事を考える。

ひとまずの安全策として、凡田は聞き返した。

「何かあるんですか?」

「うん、ちょっと付き合ってほしいんだけど」

警戒レベルが一つ上がる。「あたしちょっと忙しくてさ。今日の委員会代わってくれないかな?」などであれば何も問題はなかった。よくあることである。凡田が「わかりました」と言って終わりである。

だが、相手は目的をぼかし、身柄を確保しようとしている。

『すみません。今日は予定があって……』

これは論外である。

相手には明確な目的がある。今回断ったとしても、次がある可能性が高い。次も同じように断れるわけではない。

明希星の背後がわからない以上、彼女を邪険にするわけにはいかない。玩具《おもちゃ》となっている現状はまだいい。それが一歩進み、敵意を向けられるようだと命に関わる。

目立たず、誰の意識にも上らないというタスクを遂行するにあたりスクールカーストにおける立ち位置には考慮の上に考慮が重ねられていた。攻撃対象に選ばれないよう、凡田純一の偽装は極めて脆弱《ぜいじゃく》なバランスの上に成り立っているのである。

さらには偽装の問題があった。

凡田純一《ぼんだじゆんいち》は女子に誘われたことなどない。そんな凡田が下心を制御しきってこの誘いを断るなどという選択肢を採るだろうか。

さまざまな熟慮の末、凡田は決断した。

「ヒマです」

3

明希星《あきほ》に連れてこられたのは駅前の『ローゼン・バーガー』だった。

ローゼン・バーガーは双輪市《そうりんし》周辺に展開するローカルチェーンのバーガー店で、女子生徒にとってはややおしゃれなことで、男子生徒にとっては量が少ないことで知られており、つまり、凡田純一にとっては偽装上、戦略上、全く用のない場所だった。

「ほら、いろいろ迷惑掛けちゃったから、そのおわびにおごってあげる」

店内に先立って入り、明希星が言った。

「何、食べる？」

「あまり、お腹空《なかす》いてないので……」

「いいよ遠慮しないで。好きなの食べなよ」

明希星はバーガーのLセットを二つ注文すると、

「あたし受け取ってくるから、先に席取っといて」

と言った。

凡田は店内の奥、壁際の席に向かった。

凡田純一の偽装に従って、目立たず、邪魔にならない、隅っこの二人がけの席を取る。

同時にそこは窓からは離れ、入り口まで見渡せ、スタッフ出入り口に近くいざとなれば裏口から逃走できる席でもあった。

カウンターの前で、スマホをいじっている明希星を凝視する。

お詫《わ》び、という言葉を凡田は全く信用していなかった。

どうしてここに呼び寄せたのか。何か理由がある。

その理由に凡田は目星を付けた。

店内にはすでに先客がいる。双輪高校《そうりんこうこう》の生徒を含め、明希星と同じ世代の女子グループが確認できた。おそらくこのなかに彼女の『仲間』がいるのだ。ここで『ゲーム』の続きを行うつもりなのだ。

「凡田君？　何でそんな隅にいるの？」

トレイを抱えた明希星が怪訝《けげん》そうに見下ろしていた。

「空いてるんだし、もっと広いところにいこうよ」

明希星は返事も待たず、窓際のソファー席にトレイを置いた。

思った通りだ。その隣には他校の高校生グループがいる。今のところ、こちらに注意を向けている素振りはないが、こちらの会話は筒抜けの距離だ。

凡田《ぼんだ》はある種の安堵《あんど》を覚えた。

臨場技術に関して、奴《やつ》が素人《しろうと》であることは間違いない。諜報員《ちょうほういん》であれば、ことを起こす前にこんな目立つ位置取りはしない。

安心すると同時に、狙撃手がいたらいくらでも撃ち放題の席にかえって落ち着かない気持ちになったが、とにかく耐えることにした。

命の危険はない。これは彼女たちのゲームなのだ。

今はその正体を見極めるときである。

◆

制服を汚したお詫《わ》び、というのは我ながら自然な理由だと明希星《あきほ》は思った。

質問のリストはとにかく量があるため、昼休みではとても足りない。ここなら二時間くらいは一緒にいられる。

放課後、学校の生徒たちがこういうお店で時間を潰しているのは見たことがあるし、凡田君も疑問には思わないはずだ（それにおごってあげてるし、断る理由もない）。

明希星はバーガーを手早く食べ終わると、ポテトをつまみながら質問を開始した。

「凡田君って好きな漫画ある？」

　スマホをテーブルの下に隠し、とりあえず目についた質問をしてみる。

「いろいろ読みますけど……」

　凡田君は伏し目がちに答えた。相変わらず声が小さいし、答えをはっきり言わない。いろいろじゃ報告書に書けないでしょ。

「いろいろって？」

「芹沢《せりざわ》さん、たぶん知らないですし……」

　もう、面倒くさいなあ……。

「知らないかどうか言ってみないとわかんないじゃん。一番のおすすめとか」

「いま推してるのは『くれたん♡らばー』っていう作品なんですけど」

「へー、どんなやつ？」

「ラブコメで週刊連載してるんですけど、これ設定がすごい斬新で！　主人公は世界的なピアニストなんですけど裏では……」

　……ほんとに知らないな。急に早口になった凡田君の前で、とりあえずタイトルだけ憶《おぼ》えておくことにした。

「あとは……スポーツものだと『ダブルオー・イレブン』とか」

　知ってる。

　私も読んでる。アプリで読めるサッカー漫画。南国出身の奈翁《なおう》君と北国生まれの入谷《いりや》君がケンカしたり仲直りしたりしながらゴールマウスを死守するというストーリーだ。サッカーのルールとかはよくわからないけど、ついつい毎回読んでるやつだ。

「芹沢《せりざわ》さん、知ってるんですか？」

「え……!?」

驚いて、思わず声が出てしまった。何でわかったんだろう。知らないうちに、変なリアクションしてしまったんだろうか。

知らないと言って、質問を進めようか。でも、友達同士の会話でそれは変だ。

「……うん、漫画アプリのやつでしょ？　あたしも読んでる」

「そうなんですか？」

凡田《ぼんだ》君が顔を上げる。はじめてこちらの目を見た、ような気がした。

「じゃあ、今日の配信分、読みました？」

「えっと……」

確か、今、試合中でいいところだったんだ。

「獅子神《ししがみ》にシュート打たれたとこだっけ？」

「それ先週分です。零時更新なんでもう新しいのアップされてますよ」

凡田君の言葉に急に熱がこもった。好きなものの話だと急に早口になる。オタクっぽいとは思ってたけど、ここまでオタクだったとは。

止めるのも悪いし、今のところは、とりあえず話を合わせておこう。

◆

「そうそう！　入谷《いりや》が顔面でヘディングしたとこで笑っちゃって！」

と、芹沢明希星《あきほ》は笑いながら言った。

タイトルを口にしたとき何か反応があったので水を向けてみたのだが、明希星の反応は凡田が想定していたものとは違っていた。

「そのあとトイレでケンカするじゃん？　あんなにぶっ壊すことないのにって！」

思い出し笑いをしながら、漫画の内容を語っていく。

最初はこちらの話に合わせていただけなのだが、情報を引き出すために明希星の感想などを聞いているうち、段々と彼女の話が熱を帯びてきて、今ではすっかり凡田が聞き役に回っていた。

今のところ、単純にその漫画が好きみたいに見える。

「いや、あたしサッカーのこと全然わかんないんだけど……。あれ？　凡田君、サッカーとか詳しかったっけ？」

「ルールくらいは……」

「ふうん、意外」

明希星がほとんど氷水になったドリンクを口にしたタイミングに合わせ、さらに踏み込んでみる。

「でも、めずらしくないですか？」

「何が？」

「こういうのって、あんまり女の子、読まないような気がして」

「えーそう？　普通に面白いと思うけど」

凡田《ぼんだ》はさりげなくナプキンに手を伸ばし、金属製のケースを傾ける。

最初、隣にいたグループはもう帰ってしまった。あれは仲間ではなかったのか？　話をしている最中、明希星《あきほ》の視線に不自然なところはなかった。どこかに意識が向く瞬間もなく、ただ、夢中で漫画の話をしている。

「芹沢《せりざわ》さんの周りでも読んでいる人いるんですか？」

明希星はきょとん、と急に真顔になった。

「言ったじゃん。あたし、ぼっちだから他のひとのことはわかんないよ。でさ、でさ」

明希星は断固としてぼっちを通そうとした。

表情を観察するが、嘘《うそ》ではないように思える。妙な違和感。背後に黒幕の存在を感じさせながらも、友達がいないことに関しては嘘ではないようだ。

わからない。指示を出しているのは一体誰なのか？

「芹沢さん、門限とか大丈夫なんですか？」

「うん、あたしひ……」

言いかけてから、口をつぐんだ。

「まだ大丈夫」

明希星は言い直した。

妙な間。芹沢明希星、何を隠している？

4

部屋に戻ったときには七時近くになっていた。

明希星は廊下に置きっぱなしになっている段ボールから水のボトルを取り出し、口をつけた。

喉が熱っぽく、渇いていた。

最初は風邪《かぜ》でも引いたのかと思っていたが、ようやく原因に気づいた。こんなにいっぱい喋《しゃべ》るのは久しぶりだった。

明希星は着替えると、上機嫌で報告書の作成にかかった。

〈先生〉から渡されたガラケーを用意する。文字列を入力すると暗文が出力され、それを書き留《と》めていく。自分の物覚えがあまりに悪かったので〈先生〉がそういうふうに作ってくれたのだ。

テンキーの入力を繰り返し、ようやく明希星は暗号文を完成させた。あとは返信用の封筒に入れてポストに出すだけだ。

面倒な作業だったが疲れはなく、熱っぽい充実感に満ちていた。

腕組みをして質問リストを見下ろす。クリアした質問には横線が引っ張ってある。もう半分くらいは埋まっている。

明日はどうしようかな。

凡田《ぼんだ》君は漫画が好きだということがわかった。明日も漫画の話で気分を盛り上げようか。それとも他の趣味、資料によるとプラモデルとかも好きらしいし、そっち関係のほうがいいのかな。

こうやって作戦を考えていると本当のスパイみたいだ。いや、実際本当なんだけど。専門の訓練は受けてこなかったわりにそれっぽくできている。私も結構、やるじゃないか。

……なんか、楽しかったな。

放課後、誰かとどこかで好きなことお喋《しゃべ》りして。これからも、こういう任務だったらいいのにな。

「…………？」

明希星《あきほ》はネコ科の野生動物のように頭を上げ、虚空を見つめた。

廊下から足音が聞こえてきて、やがてドアの郵便受けが、かたんと鳴った。

一瞬、ドアの外を覗《のぞ》こうか迷ったが、やめた。組織からは余計なことをするなと言われているし、たぶん、配達人は普通の人間だろう。

ちょっと待ってから郵便受けを開く。封筒があった。今日は一通だけだった。

いつものように携帯でコードを読み取り、暗号を開文する。

文字数から見て新しい質問リストだろう。

まだ最初のリストも完成していないのに。四年も待たせたくせに、始めたら始めたでペースが早すぎる。まあ、その理不尽さもスパイっぽいところではある。

明希星は机に戻り、開文作業をはじめた。

最初の文字は『対象に』。次の文字は……えっと『性的な』……?　『経験を』……?

次の質問。

『対象の』、『性的な』、『趣味』。

ぱっと見た感じ、『性』という単語が多めのような気がする。多いというか大体、一問につき一回は『性的な』のページを見ている気がする。

性的経験。性交渉を持つ。異性愛。同性愛。

「…………」

全文を開文し終え、明希星は最初の質問を読み返してみた。

『対象に性的な交渉の経験はあるか?』

性的交渉。

それはその……エッチなこと……したことあるってこと?

「こんなの……」

こんなの、どうやって聞けばいいわけ!?

◆

——双輪市北部《そうりんしほくぶ》。双輪空港。

男は空港のラウンジで客を待ち受けていた。

国内地方都市の空港としては最大クラスである。国内線はもとより、国際線も受け入れており、夜に入ってもジェットの轟音《ごうおん》が途切れることがない。

新聞を眺めながら無料の薄いコーヒーを飲んでいると、隣に座った観光客が口を開いた。

「それ、今日の新聞ですか？」

「？」

顔を上げる。白人男性だった。カラフルなシャツ。海外から訪れる旅客の大部分はビジネス目的であり、観光客は目立つ。

「ああ……これスポーツ紙なんで」

「そうですか。新聞が売ってるような店はどこかにありますかね？」

「向こうに。でも、もう閉まってるかもしれません」

「わかりました。行ってみます。どうもありがとう」

観光客が立ち去る。それから五分待ち、男はラウンジを出た。

隣接する駐車場に向かった。

男が車に乗り込みエンジンを掛けたところで、背後から声が聞こえた。

「『商品』は確保してあるんだな？」

バックミラーを見る。誰もいないはずの後部座席にあの観光客が座っていた。

「驚かせないでくださいよ。メインゲートで拾うはずだったでしょう？」

「目立つのは好きじゃない」

「そんな格好でよくいいますよ」

「で、『商品』は？　間違いないんだな」

「ええ、苦労しましたよ。あれを確保するのは。もちろん、手間賃は乗せてくれるんでしようね？」

「……それは取引が完了してからだ」

いくらおどけてみせても、客は表情を変えることはなかった。

「とにかく、日本へようこそ。歓迎しますよ、ええと……何てお呼びすれば？」

「君と私は知り合うことはない。名前を呼び合うことも」

「それじゃ困りますよ。愛称くらいは教えてもらわないと」

「フェイジウ」

男は言った。

「〈飛鷲《フェイジウ》〉と呼んでくれ」

六、彼女たちのランデブー・ポイント

1

「凡田《ぼんだ》君さ、どんな水着が好き?」

その日の芹沢明希星《せりざわあきほ》は引きつった笑顔で、そう質問を始めた。

昼休みである。中庭の件もあり、外を出歩くのはかえって人目を引き危険だということで、凡田は方針を変え、教室で昼食を摂《と》ることにしていた。そしてその方針が間違っていたことに気づいた。

芹沢明希星は机に水着のカタログを開き、凡田に見せつけていた。

「やっぱビキニ? それともワンピース系のほうがいいのかな?」

「僕、こういうの詳しくないので……」

なるべく、他の生徒に聞かれないように言った。すでに周囲では聞き耳を立てている気配がある。動物園の檻《おり》の中に、ライオンと一緒に入れられている気分だ。

「だから、男の子目線で意見が聞きたいんだって。ほら、こういう胸を強調する感じが好きだとか、あとはお尻のラインが綺麗《きれい》に見えるやつが好きとか」

「………」

「凡田君、照れてたら参考になんないんだって。よく見てよ」

ここに来てさらに目的がわからなくなってきた。

どうも芹沢明希星はこれには乗り気ではなさそうなのだ。昨日、嬉々《きき》として漫画の話を喋《しゃべ》り倒した彼女とは違い、内心、やけにいらいらとしている。

芹沢明希星に対する罰ゲームなのか？

だとすれば、命令している人間はどこにいる？　この教室内か？　あるいは携帯、盗聴器でこの様子を監視しているのか？　それとも、やらせるだけやらせて別に見もしないということなのか？　それで罰ゲームになるのか？

◆

明希星に与えられた新しい質問リストを要約すると大体、次のようになる。

凡田君にエロい質問をしてこい。

凡田君がアレをしたことあるかとか、アレをどれくらいするだとか、そういうことを聞けというのだ。もうなんか自分に対する罰ゲームなんじゃないかと思えてきた。

この難題に明希星が考えに考えた末、導き出した答えがこの『水着カタログを見せて凡田君の反応を探る』というものだった。新しく水着を買うから、という理由で凡田君の好みを探ろうという作戦である。

「××××したことある？　××××どれくらいする？」

とは、さすがにちょっと聞けないからとりあえず後回しにして、まずは凡田《ぼんだ》君が『何に性的興奮を覚えるか』を調査することにしたのだ。

要は……凡田君が何フェチかってことでしょ？　胸が好きとか、お尻が好きとか、そういうこと調べればいいんでしょ？

だからなんでそんなこと調べなきゃならないわけ!?

だんだん、いらいらしてきた。組織は無茶《むちゃ》言うし、凡田君ははっきりしないし。まあ、完全にセクハラだから仕方ないんだけど。

凡田君は顔を赤らめている。カタログもチラ見しかしない。私だってこんなことやりたくはないんだけど、組織の命令なんだから仕方ないじゃん。それに凡田君だって男の子なんだから、本当はこういうの好きなんじゃないの？

と、凡田君が口を開いた。

「芹沢《せりざわ》さんは去年、海とか行ったんですか？」

「行ってないけど。なん……」

言いかけて、ぎりぎり止《とど》まった。

あっぶない。海に行きもしないのに水着のカタログ見てるのはおかしいか。

「……ていうか去年、そういうのなかったからさ。今年は行ってみようかなって」

愛想笑いを浮かべると、凡田君はうなずいた。

あー、危なかった……。

内心、冷や汗をかきながら組織に対する怒りを久しぶりに感じた。

「え？　芹沢、海に行くの？」

突然、誰かに呼びかけられた。

少し離れた席にいる男子生徒たちだ。名前は……やっぱり誰一人知らない。

一瞬、誰に話しかけているのかわからなかったから見返していると、一人が言った。

「今、水着選ぶ話してたから」

「……ああ、うん」

曖昧にこたえる。何て言っていいのかよくわからない。そもそも何でこっちの話を聞いているのかわからない。

「よかったらオレたちで相談乗るけど。こっち来たら？　凡田も一緒にさ」

もう、面倒くさいなあ。こっちはそれどころじゃないんだって。

「ああ、ごめん」

明希星《あきほ》は男子たちの言葉を遮った。

「今、凡田君と話してるから」

「あ、ああ……そう」

明希星が謝ると、男子たちはそう言って、また自分たちの話に戻っていった。

よし、これで作戦を再開できる。

「で、で、凡田君はこれとこれだったらどっちがいい？」

明希星《あきほ》は凡田《ぼんだ》君に向き直ってたずねた。

◆

——「え？　芹沢《せりざわ》、海に行くの？」

生き地獄の最中、話しかけてきたのはサッカー部の一柳《いちやなぎ》君を中心とするグループであった。

一柳君は一言でいえば『いい奴《やつ》』である。サッカー部での二年生エースであり、人望も厚い。一度、芹沢明希星と接触を図り、無下にも相手にされなかったことがあるのが噂《うわさ》話《ばなし》で判明していた。それでも明希星が凡田に接近して以来、再接触の機会を窺《うかが》っていたガッツのある男子生徒である。

「よかったらオレたちで相談乗るけど。こっち来たら？　凡田も一緒にさ」

そして、視線がこちらに向けられた。

それは凡田にとって助け船であった。

断る理由などない。彼らのグループに交ざり、機を見て抜け出す。彼らに芹沢明希星を引きつけてもらっているうちに昼休みを凌《しの》ぐ。

「それじゃ……」

凡田が言いかけたところで明希星が口を開いた。

「ああ、ごめん。今、凡田君と話してるから」

明希星はそれから、こちらに向かって笑顔を見せた。

「で、で、凡田君はこれとこれだったらどっちがいい？」

脇腹を冷たいものが流れ落ちた。一柳君から向けられてくる冷たい視線。

まずい。まずいまずいまずいまずいまずい。

どうしてこんな断り方をしたんだ。どうしてそんな笑みを浮かべている。

これではまるで凡田純一《じゅんいち》以外、目に入っていないみたいではないか。

どうしてこんな真似《まね》をする？　これがお前の目的なのか？

「すみません、ちょっとトイレに……！」

「え？」

明希星の返事を待たず、凡田は席を立った。

逃げるように廊下に出る。

歪《ゆが》んだ通路を、ふらふらと凡田は歩く。逃げなくては、どこか人の目の届かないところに……。

「ね、ね、凡田君！」

凡田は肩を震わせた。

廊下に山川《やまかわ》さん（ソフト部）と石渡《いしわたり》（陸上部）がいた。同じクラスになって一ヶ月《いっかげつ》強、席が近くになってからしばらく経《た》つが、彼女とは一言も話したことはない。それが興味に目を輝かせてこちらに話しかけてきたのである。

「な、何ですか……？」

「聞きたいことあるんだけどさ、芹沢《せりざわ》さんと知り合いなの？　凡田《ぼんだ》君って一中でも二中でもないでしょ？　芹沢さんと同じ中学だったとか？」

「いえ、全然……」

凡田はかろうじてかぶりを振る。

山川《やまかわ》さんは関心を示していた。正確に言えば、芹沢明希星《あきほ》に興味を持たれた凡田純一《じゅんいち》に興味を持っている。

「芹沢さんと何かあったの？　急に仲良くなったみたいだから……」

「ちょっと急いでいるので……！」

話を遮り、凡田は二人の脇を通り過ぎた。

違う！　そうじゃないだろう。俺はただ否定すればよかったんだ。相手の欲しがる情報を与えて、それからその場を離れるべきだったんじゃないのか。

早足で廊下を行く。

廊下を満たすざわめき。何の話だ？　その中に凡田純一についての情報が混じっているのか？

窓の外の生徒たち。一瞬、こちらを見たような気がする。

やめてくれ。俺を見るな。俺に興味を持つな。

お前たちにはわからないのか、あれが演技だということが。わかっているのならあいつの気まぐれに振り回されるのはやめてくれ。とにかく俺には関係ないことなんだ。

特別教室棟のトイレに入り、いつものように誰もいないか確認した。盗聴器のありそうな場所をチェックし、何もないことがわかると、ようやく洗面台の蛇口を捻《ひね》り、顔に水を当てた。

頭が痛む。神経が軋《きし》む。

何が目的なんだ。何故《なぜ》、俺を追い詰める。

俺が何かしたのか？　したのなら教えてくれ？

だからもう、俺を見るな。俺に話しかけるな。

お前が俺を見るたびに、クラスの女子が笑うんだ。お前が俺に話しかけるたびに、男子の敵意が刺さるんだ。

お前には何てこともないかもしれない。でも、俺には命に関わることなんだ。

2

いつものように、橘《たちばな》黒姫《くろき》は完璧な佇《たたず》まいで数式を書き終えた。

「そう、その通り。席に戻って」

「………」

「えー、橘《たちばな》が答えてくれたように、この式は……」

橘黒姫《くろき》は当然のように模範解答を書き込むと、自分の席へと戻る。

平然と、心拍数を一定に保つ。周辺視野で生徒たちの気配を窺《うかが》うが、今のところ目立った変化はない。

五限目後の休み時間、黒姫は己の策謀が誰にも気付かれていないことを確信した。

実は橘黒姫のスカートは昨日より一ミリ短くなっているのである……！

これは橘黒姫にとって大きな賭けであった。相手は人生のうちで最も自意識が高まっている高校生たちである。自分や他人の外見に最も敏感な時期である。不安はあったが、彼・彼女らの目を何とか欺いたようだ。

この調子で短くしていけば、夏休み前には三センチも短くなっている予定である。日常的に顔をあわせる人間は微妙な変化に気付かないが、滅多《めった》に会うことのない凡田《ぼんだ》君だけは違う。急に現れた私の清純さと色香とのアンバランスさに凡田君だけ気付くはずである！

「あの二人、付き合いだしたらしいよ」

黒姫の耳が、その言葉に反応した。同時に、嫌な予感が背中を駆け上がるのを覚えた。

黒姫は聴覚に意識を集中させた。

少し離れた席。会話の主体はバスケ部の向《むかい》を中心としたグループだ。

「ほら、芹沢明希星《せりざわあきほ》とあの地味な子」

「芹沢って、男子の風間《かざま》先輩が告ってフラれたっていう？」

「ああ、あのデカい子。バレー部もスカウト行ったって本当なの？」

「らしいよー」

そんな精度の低い情報じゃなくて、付き合ってるって話のソースを提示しなさい。あと
芹沢明希星がモテたとかそういうのは聞きたくない。

「昨日、見たんだって。ナナが。駅前のローゼン・バーガーで凡人君と一緒だったとこ」

「あいつまた、適当言ってんじゃないの？」

「それで一緒に海行くんだって。水着選んでたって」

「へー、海かー、いいなー」

黒姫は固まった。

えっ？　芹沢さん、海に行くんですか？

連休終わったばっかりですよね？　もう夏休みの予定立ててるんですか？　その前に定期テストも二回くらいありますよね？　学生の本分は勉学ですよね？　海行って何する気ですか？　凡田君の前で肌を露出する気ですか？　そもそも海ってどこの海のことですか？　双輪市《そうりんし》のベイフロントじゃないですよね？　あそこ海水浴場ではないですよね？　じゃあ、市外ってことになりますか？　もしかして、お泊まりするつもりじゃないですよね？

黒姫は表面上は平然と、心中で悲鳴をあげた。

想定よりも一歩も二歩も早い……！

恋愛に長《た》けた人間を甘く見ていた。どうしてそんなにぐいぐい押せるのだ。強引すぎて嫌われたらどうするつもりなのだ。

自分が本業や生徒会の仕事にかまけている間にそこまで進行していたなんて。凡田《ぼんだ》君、真面目《まじめ》な女の子より、ああいう恋愛マイスターな女の子のほうが好きなのだろうか……。

放課後、黒姫《くろき》は生徒会室から中庭のベンチを眺め、黄昏《たそが》れていた。

これから来週行われる球技大会の打ち合わせがある。とは言っても、三年生は受験モードで実質、主導権は二年生にある。そして、もう一人はプレ受験モードで今日は来ない予定だ。顧問の小清水《こしみず》と一対一である。全くの無為な時間である。

……私は何故《なぜ》、生徒会になど立候補してしまったのだろう？

しかし、橘《たちばな》黒姫ともあろう者が生徒会に立候補しないことがあるだろうか？　橘家の令嬢として、成績優秀な生徒として、この偽装にはそれが必要だったのだ。

……じゃあ何故、『完璧な生徒』などという偽装を選んでしまったのだろう？

せめてもうちょっと恋愛に長けた偽装をすべきだった。髪ももうちょっと軽い感じにすればよかった。最初からスカートも短くすればよかった。

「あれ？　橘さん一人だけ？」

生徒会室のドアが開き、小清水が現れた。その様子に黒姫は何か不穏なものを感じた。

「ええ、上原《うえはら》君は予備校で……」

「そうなんだ……、実は私も急な職員会議があって今日の作業は参加できなくなっちゃって……」

小清水は両手を合わせて申し訳なさそうな声音で言う。言ってはいるが、内心では「面倒くさい作業から解き放たれてラッキー！」くらいの感触だ。黒姫は心中の憤怒を一切出さず、優等生然と答えた。

「わかりました。作業は出来るだけ進めておきますから」

「そお？　あ、あ、その代わりなんだけど、うちのクラスから助《すけ》っ人《と》呼んできたから」

「し、失礼します……」

ためらいがちな間があったあと、おずおずと猫背の男子が生徒会室に入ってきた。

凡田君！

精彩を欠く男子生徒がいつものように猫背姿でのそのそと入ってくるのを、黒姫は全く関心がないふうを装って受け入れた。

小清水先生、やるじゃないですか！　おそらく全くの偶然なのだろう。仕事を押しつけやすい凡田君を見つけて声をかけただけだろう。それでも黒姫は小清水をはじめて教師として尊敬した。

僥倖《ぎょうこう》だった。当然、凡田君と接触する準備は整っていない。でも、これは千載一遇の好機でもある。橘黒姫なら、《御伽衆《おとぎしゅう》》総帥〈翁《おきな》〉こと橘黒姫であれば、このときにも何か策を思いつくはずである。

「私、同じ二年生の橘黒姫《たちばなくろき》です。一人だと寂しいからこっちで一緒に作業しませんか？」

これだ！

凡田《ぼんだ》君がぼっちであることを利用しての一計。私も局地的にぼっちになればいいのだ。

あとは徐々に情報を引き出していって、今までに収集した情報でがっちり食い込むのだ。

もしかしたら連絡先の交換もできるかもしれない（もう知ってるけど）。それで……それで……あの……機会を窺《うかが》って……ハニートラップを……。

「二人とも知ってるよね？　こちら生徒会の橘黒姫さん。いろいろ教えてもらってね」

え？　二人とも？

一瞬固まった黒姫の前で、凡田君の後ろから背の高い女子生徒が、ひょこんと顔を覗《のぞ》かせこちらに会釈した。

「一応、紹介するわね。F組の凡田君とE組の芹沢明希星《せりざわあきほ》さん。いやー、放課後空いてるっていうから助かっちゃった。じゃ、あとよろしくね」

この無能無能無能無能無能無能無能無能！

黒姫の呪詛《じゅそ》を知るよしもなく、小清水《こしみず》は言い残しさっさと生徒会室を出て行った。

3

「え？　これどうしたらいいの？」

「審判役の生徒が出場する試合とかぶらないようにチェックするみたいです。こっちのリストの……」

凡田君と芹沢さんは長机に並んで座り、額を寄せ合って作業を進めている。

そして長机の反対側、黒姫は局地的なぼっちとなっていた。

何とか、会話に入ろうと機会を窺っているのだが、凡田君は人間関係における陸の孤島であるし、芹沢明希星は凡田君以外に興味がない上、こちらを警戒しているようであった。

無理に入ろうとすれば、凡田君は警戒し、萎縮してしまうだろう。

ここは注意深くいくべき。黒姫は優先順位を確認した。
一、聞き耳を立てて情報収集に専念する。
二、出来たら会話に入ってみる。
三、二人が付き合ってるかどうか確認する。
もし、付き合っているとしたら自分はどうするつもりなのか。まったく考えは思いつかないが、とにかく、情報の裏を取らなくては。私は橘黒姫だ。精度が低い情報に踊らされるわけにはいかないのだ。

◆

……つまんない。

始まって十分で明希星《あきほ》は手伝いに来たことを後悔しはじめ、そのまま一時間が経過した。

凡田《ぼんだ》君と一緒に作業しながら情報を引き出そうと思っていたのだが、ちょっとそういう余裕がない。

そんなことを考えていると凡田君が席を立った。

「ちょっとお手洗いに……」

「うぁーい……」

凡田君が部屋を出て行く。明希星は大きく伸びをしかけ、慌てて、作業に戻った。

ちらりと長机の反対側を見る。

生徒会の人。名前は……橘《たちばな》さんだっけか？

顔には見覚えがある。朝会のときとか、ステージの上にいたような気がする。

キレイな人だ。

自分が憶《おぼ》えているのは、たぶんそのせいだ。見る度に人形みたいと思って、それは今もそうだった。頭も良さそうだし、別の世界の生き物って感じがする。

その黒髪の人が何か怖い。喋《しゃべ》ると怒りそうな雰囲気を出している。いかにも優等生という雰囲気で、作業中もまったく口を開かず、こちらには興味がないみたいで、一人で黙々と作業をしていた。

「仲、いいのね」

　ぽつり、橘さんが口を開いた。手元に目を落としたままなので、最初、こっちに話しているとは思わなかった。

「最近、二人でいるところよく見かけるから」

「……うん、いるけど」

「中学は同じだったの？」

「いや、高校で知り合ったっていうか……」

　世間話というやつだ。こういうとき、何て答えればいいんだろうか。よくわからない。

　明希星が黙っていると、橘さんがたずねてきた。

「二人はお付き合いしているの？」

　は!?

　と思わず声が出そうになった。

　何言ってんの？　この人。凡田君と初めて話したのついこないだなのに、そんなわけないじゃん。まあ、そんなこと知るわけないか。

「付き合ってないけど。なんで？」

「別に。少し気になっただけだから」

　素っ気なく言い、顔を上げた。鋭い目がこちらを捉える。

「一応、生徒会役員として校内の風紀には注意しないといけないでしょう？　自由恋愛を否定するわけじゃないけれど、学生なんだから節度を持ってほどほどにね」

「……ああ、そう」

やな感じ。

こういういかにも優等生っぽい人、漫画では見たことあるけど、本当にいるんだ。

4

橘《たちばな》邸、地下室。

「うあああああん……！」

《御伽衆《おとぎしゅう》》総帥〈翁《おきな》〉こと、橘黒姫《くろき》は呻《うめ》いていた。

「なんで私、あんなこといっちゃったのぉ……！　『二人は付き合ってんの？』なんて酔っ払った親戚のおっさんじゃないんだからぁ……！」

「あなたの一族にそんな酔っ払ったおっさんはいないでしょう？」

「一般論で言ってるの！　一般論！」

黒姫はスチールデスクをばんばん叩《たた》き、再びうつ伏せになった。

「もうちょっと軽い感じで聞くはずだったのにぃ……。絶対、『漫画に出てきそうないかにも優等生っぽい嫌なやつ』だって思われたぁ……」

「……最近、凡田《ぼんだ》君が絡むと途端に知能が低下してませんか？」

「芹沢明希星《せりざわあきほ》のやつ、絶対に凡田君に告げ口してる……。凡田君に嫌われちゃう……」

「あの、〈飛鷺《フェイジゥ》〉の件で資料を集めてきましたが……。あと〈火男《ひおとこ》〉から催促が……」

「今、それどころじゃないの！」

これはいけない。完全なるサボタージュ・モードである。超一級の諜報《ちようほう》技能を持った超人の超一級の欺瞞行為《サボり》である。

薫子《かおるこ》はリッターでため息をついたあと、言った。

「仕方ありませんね。こうなったら私がお嬢様のために恋愛テクを伝授しましょう」

黒姫は、ぱっと顔を上げた。

「あなたに恋愛の心得が……!?」

「何です、その驚愕《きようがく》は。あなたと一緒にしないでくださいよ」

薫子は言った。

「来週、球技大会があるでしょう？　もしよろしければ、校内イベントで使えるテクニックをお教えしますが」

「本当に!?　教えて教えて！」

薫子がはじめて見るくらいに目を輝かせて、黒姫がすり寄ってくる。

「ただし、土日で〈飛鷺〉の件を片付けませんと球技大会には間に合いませ……」

「わかった、すぐにやるから！」

すでに黒姫は鉄扉を開けている。それから振り返って言った。

「薫子……！　あなたがついていてくれてよかった……！」

「褒めてらっしゃるようですが。私は今までの働きが全く評価されていなかったことにすさまじく傷ついてますけど」

「あと騙《だま》したら消すからね」

「冗談にならないのでやめてください」

鼻歌交じりに黒姫《くろき》が階段を上がっていくのを、薫子《かおるこ》はため息で見送った。

七、〈翁〉の帰還

1

凡田《ぼんだ》が駅前のゲームセンターに入ると、競馬ゲームの大型筐体《きようたい》の席に深く座り込んだ真仁《まに》を見つけた。

「五分後、『プリントサロン』のところで」

耳元で囁《ささや》く。驚いたように振り返る真仁をおいて、トイレへと入った。

五分後。『プリントサロン』の中で待っていると、怒りの形相の真仁がカーテンを引き開けた。

「前に言ったよね？『スター・スタリオン』のとこは常連ばっかなんだから話しかけんなって言ったじゃないの……！」

「緊急事態だ」

切羽詰まった様子の凡田に真仁も表情を変えた。

「何？　ヤバいの？　何欲しいの？　パスポート？　それとも塒《ねぐら》？」

「映画だ」

「……映画？」

真仁《まに》の顔が一瞬にして怪訝《けげん》な表情になった。

「仮定の話だ。俺が推定年齢十七歳の女子高校生を映画に誘ったときに百パーセント断られるための映画を知りたい。九十九パーセントじゃない、百パーセントだ。お前ならわかるだろう？」

「……緊急事態じゃないの？」

「緊急事態だ……！」

凡田《ぼんだ》が言うと、真仁はスマートフォンを弄《いじ》った。

「あー。ちょうどいいのがあったわ。『プリフェス』の劇場版が金曜から始まる」

「………？」

「……ちょっと不勉強じゃないの。ほら、あれ」

真仁はプライズコーナーの近くにある筐体《きょうたい》を指した。低年齢女子向けのリズムゲームが置いてある。

「タイアップしてるアニメが劇場版になったの。おまけのカードがプレゼントされるから大きなお友達にはちょうどいいんじゃない」

凡田は筐体を見やった。見た記憶がある。正式名称『プリティ・フェスティバル』は低年齢女子をターゲットにしたアーケードゲームである。

確かに、これなら芹沢明希星《せりざわあきほ》もさすがに引くだろう。

「それでいい。手配してくれ」

「知るか馬鹿。自分で買ってきなさいよ」

吐き捨てて、真仁は出て行った。

◆

翌日、いつものように教室で昼休みを過ごしていた。いつものように明希星はスマホを弄りながら、たわいもない質問を続けてきている。

次の授業は移動教室である。五限目まであと五分。クラスの生徒たちはすでに移動し始めていて、教室にはまばらに残っているだけだ。

もし、凡田純一《じゆんいち》が誘うとしたら今のタイミングより他なかった。断られても、そのまま特別教室棟に逃げることが出来る。

また、凡田には目論見《もくろみ》があった。教室に残っている生徒の中に、伊勢谷《いせや》さんがいた。彼女は運動部体育館系主流派に属すゴシップ好きで知られた女子生徒である。明希星のさまざまな噂《うわさ》を拡散した一人でもある。凡田が映画に誘い、断られたことは体育館系の生徒を通じ、すぐさま拡散されるはずである。

凡田は机に忍ばせていたチケットを手に取った。

「あの、芹沢さん」

「ん？」

「その……よかったらなんですけど。今度の土曜日、映画、見に行きませんか？」

「え」

明希星《あきほ》があっけにとられたような表情を見せる。凡田《ぼんだ》は調達してきたカードタイプのチケットを二枚取り出した。

そこには元気溌剌《はつらつ》にポーズを決める少女の姿がプリントされている。真仁《まに》の言うことは正しかった。一般的な感性であれば引くしかない状況である。

明希星の返事はなかった。わずかな驚きと事態が飲み込めていない微表情。

いい兆候だった。凡田は慌てる演技をしながら、早口でまくし立てた。

「『プリフェス』っていって入場特典でカードが貰《もら》えるんですけどそのカードが何種類かあってそれで二枚買ってたんですけど……！　元から二回見に行くつもりだったんですけどよかったらって……！」

どうでもいい情報を浴びせられ、明希星はこちらを見返していたが、やがて目を伏せた。

「ああ……ちょっと考えてからでいい？」

通った！

凡田は追い打ちをかけ、さらに早口になる。

「いえ、迷惑だったら別に大丈夫ですから……！」

教室の時計を見上げる。

「それじゃ、次、移動教室なのでそろそろ行きますね……！」

凡田は教科書類を抱え、明希星の返事を待たず席を立つと、逃げるようにその場を立ち去った。

完璧だ……！　完璧にフラれた……！

午後の授業中、凡田はいつにない充足感を覚えていた。

バックアップのない、孤立無援の中、ここまで遂行できるとは思わなかった。

あとは噂《うわさ》が広がるのを待つだけだ。しばらくの間、笑いものになるだろう。それもわずかな時間だ。彼らはあっという間に興味をなくし、やがて静かな日常が戻ってくるだろう。

何なら一日二日、休んでもいい。それくらいで休むのが凡田純一《じゅんいち》という人間である。

清掃終了、長い一日が終わった。凡田は心地《ここち》よい疲労感に包まれ、昇降口を出た。

「あ、凡田君」

振り返ると、明希星が下駄箱《げたばこ》に寄りかかりスマホを弄《いじ》っていた。嫌な予感がした。

「どうしたんですか……？」

「どうしたって……凡田君のこと待ってたんだけど」

明希星は口を尖《とが》らせる。

「ほら、映画の話。返事まだだったでしょ？」

「……え？」

「土曜日、大丈夫だったから行こうかなって」

よく聞き取れなかった。凡田《ぼんだ》が固まっていると、明希星《あきほ》が怪訝《けげん》そうにこちらを見た。

「何？　もう他の人、誘っちゃったの？」

「いえ、そうじゃないですけど……！　本当に？」

「うん」

チケットを取り出す手が震えた。他人にはどう見えただろう。少なくともこれは演技ではなかった。

◆

明希星が帰ると、暗い部屋が待っていた。

明かりもつけげず、明希星は机に着いた。バッグから、凡田君からもらった映画のチケットを取り出し、置いてみた。

なんか、びっくりした。映画に誘われるのなんて初めてだった。つい、行くって答えてしまったけど……。何で私、行くって言ったんだっけ？　そうだ、一緒にいれば質問リスト、埋められるからだ。

……凡田君、私のこと、本当の友達だって思ってくれてるのかな。

チケットをしまおうとして、引き出しを開ける。

組織からの封筒が目に入った。暗闇の中、冷たい質感を放っていた。

そうだ。報告書つくらなきゃ。

ようやく灯《あか》りをつけ、いつものようにスマホのメモを見ながら、質問リストの答えを書き出し、ガラケーの変換機能で暗号文を作成していく。

途中で手が止まった。

凡田君に映画に誘われたこと。組織に報告すべきだろうか。

組織からの命令は凡田君に近づいて質問リストの内容を聞き出すことだ。二人の行動を一々、報告しろとは命じられていない。でも……。

「あ」

暗号文の文字列がずれていたことに気付いた。明希星は紙を破り捨てた。

結局、明希星は質問リストの返答だけを埋めた。映画のことは、書きそびれてしまった。

2

双輪市《そうりんし》には『ベイフロント』と呼ばれる再開発地区がある。

太平洋に面した南地区。

経済特区構想が持ち上がって以来、埋め立てと再開発が進められ、今日も港は拡張され続けている。埋め立てによって整備された区画には大型商業施設が建ち並び、週末は多くの人々で賑《にぎ》わっている。

そして、人混みが苦手であるという設定の凡田純一《ぼんだじゅんいち》には関わり合いのない場所だった。

——そのはずだった。

それが何故《なぜ》、こんなことに……。

土曜。凡田はモール内にあるシネコンのロビーにいた。目の周りに隈《くま》を作り緊張で眠れなかった偽装、というわけではなかった。

単純に寝不足であった。

断られる前提であったため、『プリフェス』の情報収集をしていなかったのである。

この数日、『プリフェス』ユーザーとなるため、カードを収集し、テレビシリーズ現行五十六話までを一気見し、作品中に登場する楽曲の歌詞を全て覚え、タイアップの声優グループ『スマイリー♪』の構成員を把握して……。

よく考えてみれば、何故、映画になど誘ったのか、数日前の自分に問い詰めたい気分だった。正常な思考回路ではない。今になって思えば、よほど追い詰められていたに違いなかった。

だが、最後の最後まで凡田は希望を捨てなかった。

明希星《あきほ》がすっぽかすという可能性である。そして、その可能性は高いように思われた（この場合、凡田がすっぽかすという選択肢はない。もし女子生徒にその事実が伝われば、イジメの対象になりかねない。非常にまずい事態である）。

集合場所をここにしたのもそのためだ。駅前で生徒たちに見られる可能性を減らし、明希星が来ないことを祈る。

そんな凡田の希望を打ち砕くように、ロビーに長身の女性が姿を見せた。

飾り気のない服装だった。ファストファッションブランドのTシャツとジーンズ、それからメッセンジャーバッグを肩から下げている。近所のコンビニにでも行きそうな格好だった。

彼女は凡田を見つけると、大きく手を振って、こちらにやってきた。

「うっす、お待たせ」

「こんにちは……」

凡田は消え入りそうな声でこたえる。偽装もあるが、単純に疲労で声が出ていない。

「少し時間があるので、席取ってからお茶しようと思うんですが……」

「わかった」

二人はチケット端末の列に加わる。

「今日って何見るんだっけ？」

「プリフェスです」

明希星は自分のチケットを取り出し、じっと凝視した。

「もしかしてこれ……子供向けのやつ？」

僥倖《ぎようこう》。凡田の中で暗雲に光が差した。今更、引いたのか？　今更だって構わない。こんなの見るのは嫌だと言ってくれ。それで俺は救われるのだ。

と、明希星《あきほ》が言った。

「あ、これ知ってた。夕方やってるやつでしょ。小さな女の子がアイドルになるやつ。一回、見たことあった気がする。へえ、凡田《ぼんだ》君、こういうの好きなんだ」

「…………」

地獄だった。


小さなお友達と大きなお友達に囲まれながら、凡田は懸命にピエロを演じ続けた。開幕前に勝手に解説を続ける演技。劇中歌を作詞・作曲しているのが有名アーティストであるという知識を披露する演技。入場口で渡された特典ゲーム用カードのピローを乱雑に破る明希星をひやひやしながら眺める演技。

シアターが暗闇に包まれると、深刻な睡魔に襲われた。

昨日までの疲労が一気に吹き出してきた。

疲れた……。

こんなに神経をすり減らしたのはいつ以来なのか……。

数瞬のブラックアウト、慌てて姿勢を正す。ストーリーの進行具合からいって、意識を失っていたのは数秒だった。

横目で明希星の様子を窺《うかが》う。スクリーンの光に、彼女の横顔が浮かび上がる。頬杖《ほおづえ》をつきながら、画面に見入る姿。

もうそろそろ、教えてくれ。

お前の正体は何なんだ。お前は何がしたいんだ。

3

モールを出ると、日は暮れかかっていた。

気持ちいい風。久しぶりの海の匂い。

石畳風の道を、人が行き交っていく。人の波のなか、ゆっくり、明希星たちは駅に向かって歩いていた。

「けっこう面白かった。子供向けだと思ってたけど」

「そうなんです。低年齢層向けなんだけど、楽曲提供してるアーティストは有名どころが多くって……」

凡田君は一生懸命、映画の解説をしている。たぶん、話したいんだろう。内容はほとんど頭に入ってこなかったけど、黙って聞いていた。

楽しそうだな、凡田君。

そういえば、友達いなかったんだっけ。一緒に映画見にいく相手ができて嬉《うれ》しかったのかな。

明希星は凡田君の横顔を見て、心の中でつぶやいた。

ねえ、知ってる？

これ、全部、嘘《うそ》なんだよ？

信じてくれないかもしれないけど、私はある組織の人間で、命令されて凡田《ぼんだ》君に近づいたんだ。どうしてそんなことしてるのか、私は知らないから、もし聞かれても教えてあげられないけど。

これは私にとっては任務なんだ。

好きな漫画の話とか、タイプの女の子の話とか、それも全部、誰かからの命令なんだ。

私は凡田君の情報が目当てで、別に友達になんてなりたくなかったんだ。

駅前の広場に出た。時計台がライトアップされ、その周囲に人が集まっている。

「あれ、一時間ごとに機械仕掛けの人形が踊るんですって」

「ふうん」

「あとちょっとで動くみたいだけど見ていきますか？」

「うん」

興味はなかったが、明希星《あきほ》は頷《うなず》いた。

帰ったら、報告書作らなきゃ。封筒。二次元コード。暗い部屋の光景が頭を過《よぎ》った。

……やめよう。こんなこと考えるの。

凡田君は友達なんかじゃない。

凡田君と私には、もともと何の関係もない。ただの他人だ。私は命令されたらやらなきやならない。私の意思なんか、関係ない。組織が何をしようと、私には関係ない。

ずっとずっと、ただの作戦目標として見ればいい。

これからはずっと、任務として、凡田君と向き合うんだ。

だから。

だからは今日だけは。だから今だけは。

明希星は凡田君の手を取った。凡田君が驚いたようにこちらを見上げてくる。

「ほら、もっと近く行こうよ」

「え？　ちょっ……！」

凡田君が何か言いかけたのを無理矢理《むりやり》、時計台の前へ連れて行った。

凡田君の手は暖かくて、少し、硬かった。

4

無数のモニタから映像が流れ込んでくる。

黒姫《くろき》の目の前を流れていくのは、〈飛鷲《フェイジュウ》〉が関連したとされる事件の情報だ。新聞、映像、二次資料、ゴシップ、全て。御伽衆《おとぎしゅう》が収集したものもあれば、それ以外のものもあった。それらを正誤問わず、眺め、耳を傾け、嗅ぎ、味わい、肌触りを確かめていく。黒姫のそれは、自分の五感全てを使ったプロファイリングであった。

〈飛鷺《フェイジウ》〉。

《白雪機関》の工作指揮官。終末時計を一分押し戻した男。あるいは女。

その手口を、黒姫《くろき》は体の中で再現しようと試みる。

何より特異なのは、そのリクルート能力だった。

奴《やつ》は作戦区域に手勢をほとんど連れて行かない。突然、泡のように現れ、それが弾《はじ》けるかのごとくネットワークを広げていく。奴の私兵のほぼ全てが、現地で採用された人間だ。

それも子供。

どうやってかは知らないが、〈飛鷺〉は子供たちのコミュニティに近づき、信頼関係を築き、訓練し、私兵へと育て上げ、作戦を遂行している。わずか数ヶ月《すうかげつ》の間にだ。尋常な手口ではない。

だが、資料を流し込むうちに、黒姫の脳裏に一人の輪郭が生まれつつあった。

まだ言葉にはできない。しかし、事件の背後には確かに一つの意思が見える。その意思がどこから発せられたものなのか。

黒姫は違和感を覚え、画面の一つを停止させた。

〈火男《ひおとこ》〉が送ってきた映像。屋台街を行く〈飛鷺〉が監視カメラに捉えられていた。グラフィティ・アートが描き込まれた壁の前で一瞬立ち止まり、スマートフォンを取りだし、確認すると再び歩き出した。

撮影した？

画像を拡大し、修正し、グラフィティを画面一杯に引き延ばす。

他のものとは文法が違う。そう、直感した。

グラフィティにはメッセージ機能がある。文字、形、色、それらには細かな意味があり、見る者が見れば、意味が伝わるように出来ている。簡易的な暗号だ。

だが、このグラフィティに秘められた情報密度は圧倒的だった。

一見、何の変哲もない、ただの下手《へた》なグラフィティだ。そこには妙な感触が残っている。暗号化された後の、無秩序を装った秩序。一度意味を分解し、秘密鍵によって変換し、もう一度再構築したような作為。

記憶の中で何かが弾けた。

黒姫は端末を操作し、〈飛鷲〉が起こした工場襲撃事件に関連する映像を流した。

アメリカ東海岸、ニュージャージー州ホーボーケン近郊。街の風景を拡大すると、スラムの薄汚れた塀に描かれたグラフィティ・アートが画面一杯に映る。

さらにもう一つ。中東。破壊された街。崩れ落ちたビルの壁面に描かれたグラフィティ。

違うモニタ。英シティ。金融街の一角。テムズ川の河岸に描かれたグラフィティ。

「…………」

一つ一つのグラフィティを比較しながら暗闇の中で黒姫は笑みを浮かべた。

ようやく、〈飛鷲〉の輪郭が掴《つか》めた。

奴は『フランケンシュタイン』の怪物なのだ。

◆

音もなく、薫子《かおるこ》は室内に入った。

暗く、狭い部屋。壁には無数のモニタが嵌《は》め込《こ》まれていた。

その中央。ワーキングチェアに背を預け、黒姫《くろき》はつまらなそうに眺めている。目を開けたまま眠っているようにも見えるが、コントロールパネルに置いた右手は小刻みに動いている。

金曜の夕方から二十四時間以上、黒姫はずっとこの調子だった。食事など、生命維持活動は最低限。肉体のほとんどの機能をプロファイリングに集中させていた。

薫子はモニタを見やった。

世界各地にある関連企業から送られてくる映像。世界的に知られている警備・防犯システム関連企業のいくつかは橘《たちばな》家の傘下にある。それらは表向きは独立し株式を公開しているものもあるが、資本の流れを陰日向《かげひなた》に操り、各地域の公正取引委員会にもわからぬように《御伽衆《おとぎしゅう》》が支配しているのだ。

各国主要都市を定点観測している数万のカメラ。のべ何十万時間という映像が、早送りになったり、巻き戻されたり、あるいは停止したり。どこの何を見ているのか、薫子には全く理解できない。この少女の情報処理・分析能力は常人の手には負えない。

「〈八咫烏《やたがらす》〉、見つけたぞ」

黒姫は端末を操作しながら、薫子に告げた。

「奴は近いうちに双輪市《そうりんし》に現れる」

画面に港の倉庫街の映像が映し出される。薫子は映像のデータを確認し、カメラの識別番号から場所を特定した。双輪市ベイフロント、再開発地区。

「一体、どうやってこれを」

「グラフィティだ」

黒姫は再び端末を操作する。今度はグラフィティ・アートが映し出される。

「奴は情報を暗号化し、画像に変換して使っている。それを解読したら、香港《ホンコン》の貿易会社に行き着いた。データを調べてみたら日本へ積荷を送っていたことがわかった。場所はここ。到着は昨日だ」

さらりと言った。それがどれだけの情報を処理して得られたものなのか、薫子は唖然《あぜん》となる。

「〈火男《ひおとこ》〉に伝えろ。『お前の探しているのは偽物だ。それでもいいなら鬼ごっこを楽しめ』と」

「偽物？」

薫子が聞き返すと、黒姫は言った。

「こいつは過去の〈飛鷲《フェイジウ》〉ではない。『サイン』の筆跡が違う」

モニタの群れに複数のグラフィティが浮かび上がる。

「これは過去、〈飛鷲《フェイジウ》〉が事件を起こした場所に残されていたグラフィティだ。画像への暗号化、それ自体には一定の規則があるが一方で、筆跡には描く人間の痕跡が残る」

黒姫《くろき》は画面を指さした。

「これが最近の〈飛鷲〉の『サイン』。わかるだろう？　どれも微妙に癖が違う」

「いえ、全然わかりませんが」

「わからないか？　見ろ、これが各作戦の主体となっている人間の『サイン』だが……」

「いえ、もう結構です」

薫子《かおるこ》は話を遮った。この少女の奇跡のような業を何度も目にしてきたのだ。理解はできないが、疑う必要もない。黒姫は背もたれに身を預け安楽椅子探偵のように言った。

「これから導き出される仮説。〈飛鷲〉は何人もの人間の成果を繋《つな》ぎ合わせた怪物だ。〈飛鷲〉という怪物は存在なんかしないんだ」

「誰がそんなことを？　どうしてそんな手間を？」

「人を纏《まと》めるには伝説が必要なんだよ。〈翁《おきな》〉のような伝説が」

黒姫は大きく伸びをした。

「それでどうしますか？」

「監視だけつけて泳がせておけ。売れるものができてから売ればいい」

「かしこまりました」

「私はしばらく調査を続ける。しばらく入ってくるなよ」

　薫子が部屋を出る。

「…………」

　黒姫はしばらくドアを振り返ってから、薫子が戻ってこないことを確認する。

　さ・て・と。

　薫子がいなくなったのを見計らい、黒姫は球技大会の資料を取り出した。

　私はこんなことをしている場合ではない。球技大会で凡田《ぼんだ》君にアピールしなくてはならないのだ。

　球技大会のシミュレーションをしながら、脳の一部領域でモニタを眺める。

　去年のデータからすでに凡田君と接近する可能性があるポイントを割り出していた。やはり、最重要地点はテニスコートだろう。私のソフトテニスでの躍動を効果的に、かつさりげなく、クラスの応援に来ている凡田君に見せるのだ。

　ふと、黒姫は顔を上げた。

　モニタの一つに目を引きつけられた。

　市内の防犯カメラが捉えた映像。数時間前、夕方のベイフロントの景色《けしき》が流れている。

　無意識のうちに手が、端末を操作していた。

　公園、からくり人形の時計台。それを人々が見上げている。家族連れ、恋人たちの姿。

そこに見慣れた姿があった。芹沢《せりざわ》さんがいた。はしゃぎながら時計台の人形を指さしている。凡田《ぼんだ》君がいた。芹沢さんと手を繋《つな》ぎながら、華やかな照明の中、所在なげに佇《たたず》んでいる。恥ずかしげに、俯《うつむ》きながら。

知っていたはずだろう？　そんな未来、存在しないことくらい。

そんな声が聞こえたような気がした。

お前は橘黒姫《たちばなくろき》だ。《御伽衆《おとぎしゅう》》を統べる〈翁《おきな》〉だ。男の子に恋をして、一緒に出かけて、そんなことが起こりうると思っていたのか。

薫子《かおるこ》だって思ってたじゃないか。お前は恋に恋してるだけだと。誰にも好かれるはずがない。だから、ずっとお前の想像の中で玩具《おもちゃ》になってくれる。そう思っていたんだろう？　だって、どうやるつもりなんだ？

お前が他者と関係なんか結べるはずがないじゃないか。お前が出来ることは他人を支配することだけだ。それしか手段を知らないんだ。お前にとって、この世界は人形遊びに過ぎないんだ。

お前は一人だ。

ずっと、ずっと、一人ぼっちなんだ。

5

日曜午後八時。男は〈飛鷺《フェイジウ》〉の用意したトラックでベイフロント埠頭《ふとう》へ向かっていた。

商業地区のまばゆい灯《あか》りが湾の向こうに見えてくる。大型車両が行き交う港湾道路から、街灯がまばらに立つ再開発地区へ。男が〈飛鷺〉の指示に従って進むと、やがて目的の倉庫が見えてきた。携帯で合図を送ると、シャッターが開く。

がらんとした空間がトラックを迎え入れた。中にはコンテナがあるだけだ。ライトを点《つ》けたまま、二人は車を降りた。

「集まっているようだな」

〈飛鷺〉が周囲を一瞥《いちべつ》する。

闇から浮き出すように五つの人影が現れていた。

「さっそく、取引を始めよう」

ぱっ、と照明が点いた。

先ほどまでの緊張は消えて、妙に和やかな雰囲気になった。七人それぞれ出身は違うようだが、物腰は共通している。元軍人だということだ。

コンテナを開ける。そこにはケースが詰め込まれていた。自動小銃。プラスチック爆薬。対戦車ロケット。電子タグを読み込みながら、中身を確認する。

「依頼人は何のためにこんなものを？　戦争でも始めるつもりか」

「知るものか。俺は品物を手に入れてきた。売れればなんでもいい」

品物を確認しながら、ケースをトラックへと積み込んでいく。

「意外に楽な仕事だったな。報酬からして、もっとヤバイかと思ったが」

「ただのニホン旅行にこれだけの資金を提供してくれるんだ。よっぽど儲《もう》かるんだろうよ」

「静かにしろ」

天井近くから声がした。

キャットウォークにもう一人いた。

小柄な体躯《たいく》だった。黒装束に身を包んでいて、顔は見えない。だが、その声は子供のようだった。

子供は外壁に張り付き、耳をそばだてていた。

「あれは？」

「主催者から送られてきたガイドだ」

「あんな子供が？」

発音を聞く限り、現地の人間ではないようだ。どこか東欧訛《なま》りのような英語だった。

「尾行されたな」

ぽつり、子供の声が聞こえた。舌打ちをすると手すりを越え、猫のように一階部分へ着地した。

「逃げた方がいい」

「尾行？　心配しなくていい。気をつけていたが誰にも……」

閃光《せんこう》が満ちた。

同時に、ガラスの割れる音。銃声。

男は慌ててコンテナの陰に伏せた。

外から差し込まれるサーチライト。硝煙の匂い。立て続けに銃弾が降り注ぐ。

何が起こっている？　一瞬の迷いに足を竦《すく》ませていると、小さな影が飛び出していった。

サーチライトに照らされ、小さな影が浮かび上がる。子供は銃を拾い上げると、そのまま裏口に向かって突進する。

「待て……！」

影は男の手をすり抜けた。サーチライトの中、銃を発砲しながら、飛び出していく。

捕らえようと身を乗り出すと、再び銃弾が降り注いできた。

男は舌打ちし、追跡を諦め、銃撃に応戦した。

6

薫子《かおるこ》は表情を変えず、モニタを眺めていた。

映し出される白い立方体。パイプ椅子に座らされている男。胸に巻かれた布には血が滲《にじ》んでいる。

『もう一度、聞く。お前の名前は？』

その前に立った尋問者が『器具』を手に、繰り返し尋ねた。

『何度も言ったじゃないか！』

パイプ椅子に括《くく》り付《つ》けられた男が答えた。

『もう何度も何度も！　裏を取ってくれ！　パスポートもある！　英国国籍もある！』

『違う、もう一つの名前のほうだ』

『〈フェイジウ〉とかいう名前のことなら知らない！　オレはただそう名乗れと言われただけだ！』

『誰に？』

『知らない……！　香港《ホンコン》で出会った男だ……！　南アフリカのPMC《民間軍事会社》だと名乗って……！』

悲鳴。

『あのグラフィティはどういう意味だ』

『依頼人からそのように書けと指示されたんだ！　てっきり、ただの合図なんだと思って……！』

『もう一度、最初から聞く』

『やめてくれ……！　人違いだ……！　俺は〈飛鷲《フェイジウ》〉とかいう奴《やつ》とは関係ない……！』

薫子はモニタを切った。

やはり偽物だった。黒姫《くろき》の言ったとおり、〈飛鷲〉などいない。

伝説の工作指揮官は、伝説の中にしか存在しないのだ。

屋敷に戻ったのは月曜の早朝だった。足音を立てず、薫子《かおるこ》は廊下を進んだ。今のうちに〈火男《ひおとこ》〉への報告をまとめてしまおう。それから釘《くぎ》も刺しておこう。こんなことで黒姫《くろき》の手を煩わせることなどないように。

ドアを開ける。モニタの光が灯《とも》ったままだった。まったく、最近の黒姫は段々とだらしなくなってきて……。

「何も知らないんだろう？」

こちらを一瞥《いちべつ》もせず、黒姫が言った。

「見知らぬ人間に指示されただけだと。報酬が手に入ると言われて、何も知らずにやらされていただけだと」

モニタの群れの輝きが黒姫を浮かび上がらせている。

どうしてこんな時間に。まさか……。

あれからずっとここにいたのか？

疑問を飲み込み、代わりに別の質問を投げかけた。

「一体、どういうことなんです。いきなり『捕らえて尋問しろ』など」

「〈飛鷲《フェイジウ》〉は実在する」

「は？」

　突然、黒姫が言い出した。

「ですが奴《やつ》は確かに偽物だと……。ただの伝説に過ぎないのでは？」

「奴は偽物だ。だが、〈飛鷲〉はいる」

　モニタの映像が切り替わった。

　倉庫を俯瞰《ふかん》で撮影したものだ。

　偽〈飛鷲〉への襲撃の様子を収めたものだ。七名が捕らえられ、一人が逃亡している。

「捕まった七名は全て軍人の動きだ。だが、こいつは違う」

　黒姫は逃げた一人を指さした。

「一人だけ動きが違う。子供だ。こいつだけが本物の〈飛鷲〉の私兵だ」

「どういうことです？　おっしゃってる意味がわかりません」

　黒姫はこちらの言葉は聞いていないようだった。薫子に言っているわけではなかった。ただ、自分に向け、事実を淡々と説明しているように見えた。

「これはただの兵器密輸ではない」

　モニタに映像が浮かび上がった。日本ではない。世界各地の映像だった。

「ここ一ヶ月間《いっかげつかん》の映像だ。グラフィティが現れていたのは双輪市《そうりんし》だけではない。世界中、いたるところに出現している。まるで世界中の諜報《ちょうほう》機関に見せつけるように」

　世界中の都市を背景に、様々なグラフィティが浮かんでは消えていく。

「この事件の背後にいる連中はそれが目的だったんだ。〈飛鷲《フェイジウ》〉のメソッドをリークし、わざと偽〈飛鷲〉に足跡を残させた。そして各地の諜報《ちょうほう》機関に捕らえさせ、〈飛鷲〉の伝説に疑いを向けさせる。奴《やつ》らが隠したかったのは〈飛鷲〉という怪物が実在するという事実だったんだ」

そして、黒姫《くろき》は嗤《わら》った。

「やってくれたな。私を試すとは」

薫子《かおるこ》の背を、冷気が上ってきた。

その感覚に憶《おぼ》えがあった。

黒姫と初めて出会ったあの日。部屋の真ん中に佇《たたず》む、黒髪の少女を見たあの瞬間。御伽衆《おとぎしゅう》総帥、〈翁《おきな》〉の前に立ったあのときの感覚。

「〈八咫烏《やたがらす》〉。最後の一、人を捕らえ、吐かせろ」

「はい」

「それから情報の出所を探れ。《御伽衆》内部にリークを持ちかけられた者がいるはずだ。その先に今回の黒幕がいる」

「かしこまりました」

「それから」

部屋を辞そうとする薫子に黒姫が言った。

「特別監視班を解散させていい」

特別監視班。凡田《ぼんだ》君の監視班。

「よろしいのですか？」

「二度も言わせるな」

「……申し訳ありません。すぐに掛かります」

ドアを閉める直前、薫子はモニタの光に浮かび上がっている黒姫の姿を目に収めた。

あの〈翁〉が帰還したのだ。

◆

不鮮明な画像。

カメラの前に現れたのは奇妙なマスクの人間だった。

動物園の見世物のように、それはカメラの前を左右に行き交っていた。が、ようやくカメラに気付き、こちらを見上げた。

直後、ブラックアウト。

「ハハハ」

モニタの前にいた男は乾いた笑いを浮かべた。

某国、某所。極東から数千キロを隔てた一室。最新の通信技術は一秒のラグもなく、現地の映像を届けてくれている。

「これはどこの〈飛鷲《フェイジゥ》〉だったか？」

「Ｃ４７だ」

背後に控えていた男が不機嫌そうに答えた。二人は壁にある世界地図を見やった。五大陸を這《は》いまわるように、数十個のポインタが蠢《うごめ》いていた。

「ということはニホンか。誰にやられた？『コーアン』か、『ナイチョー』か、『ベッパン』か？」

「おそらく《御伽衆《おとぎしゅう》》だ」

「これがそうか。はじめましてだな。これだけのヒントで捕らえるとはなかなかやるじゃないか。あと数ヶ月《すうかげつ》はかかると思っていたが」

「最初からこのつもりだったのか〈鏡《シュピーゲル》〉……！」

背後の男は怒気を含ませて言った。

「いいだろ？　やつらはどうせ食いっぱぐれた軍人どもだ。放っておけばどこかのＰＭＣ《民間軍事会社》で戦争ごっこをしてるところだ」

「あそこには俺たちの仲間が……本当の仲間もいたんだぞ！」

「だってしょうがないじゃないか〈赤頭巾《クラヌルージュ》〉」

モニタ前の男が平然と言った。

「〈飛鷲〉の傍らにいた本物の仲間がいなければ、誰も奴《やつ》らを『本物』だとは思ってくれない。そして、奴らを『偽物』だとも気付いてくれない。それでは『疑似餌《ぎじえ》』の意味がない」

拳を震わせる〈赤頭巾〉を前に、〈鏡〉は言った。

「〈飛鷲〉には死んでもらわねば困るんだ。死体を繋《つな》ぎ合わせて作り上げた怪物だと思ってくれなければ。我々が完全なる影となって行動するには奴は邪魔なんだ。未《いま》だに世界中の諜報《ちょうほう》機関が奴の伝説を追っている。奴が保身のために秘匿した『レポート』を血眼になって探している。その目が《白雪機関》に向けられては困るんだ」

男は嘲笑する。

「だから最初から存在しなかったことにする。世界は自惚《うぬぼ》れすぎているから簡単さ。単独で敵地に乗り込み、リクルートし、兵士を育て上げ、作戦を実行する。そんな人間が存在するなんて半信半疑なんだから。実際、〈飛鷲〉が存在しているにもかかわらずだ。だから、我々が都合のいい真実を作ってやったんだ。『サンタクロースが一晩でプレゼントを配りきれるわけないだろ？　本当はお父さんがプレゼントを用意しているんだよ』」

「ふざけてる場合か！　〈チェシャ〉はどうなる！　早く救出チームを派遣しなければ……」

「出来ないのはわかってるだろう。リクルート担当だった〈飛鷲〉が消え、今の我々も人手が足りない」

「貴様！」

「諦めろよ。たかが人形に入れ込みすぎだぞ」

「！」

〈赤頭巾〉は〈鏡〉の胸倉を掴《つか》み上《あ》げた。〈鏡〉の目を覗《のぞ》き込む。そこには一切の逡巡《しゅんじゅん》はなかった。

「あれは我々の仲間じゃない。〈飛鷲《フェイジウ》〉の配下だ。奴《やつ》が見つけ、訓練し、仕立て上げた工作員だ。ロストボーイズたちは〈飛鷲〉に心酔しすぎている。いずれ我々に刃向かってくるぞ」

「だからって！」

「それとも、お前は許すつもりなのか。我々を裏切り、組織を破壊し、逃走した〈飛鷲〉を」

「…………！」

しばらくの間ののちに、〈赤頭巾《クラヌルージュ》〉は手を放した。〈鏡《シュピーゲル》〉は背広を整えると、諭すように言った。

「感傷など役には立たないぞ〈赤頭巾〉」

無数のモニタの光を背に、〈鏡〉の小柄な体躯《たいく》が浮かび上がる。

「真の《白雪機関》は我々だけだ。『スノウホワイトの七人の小人《SWD7》』だけが組織だ。それを忘れるな」

少年はそう言って、歪《ゆが》んだ笑みを浮かべた。

◆

異国の繁華街。映画で見たようなネオンの群れ。

その中を暗号名〈チェシャ〉は逃げ惑っていた。

追跡されている。観測手としての経験がそう告げていた。警察ではない。正体不明の東洋人たちが自分を追っている。

あの襲撃から数日、ようやく埠頭《ふとう》から離れ、街へと入り込んでいた。襲撃以来、一緒にいた連中とは連絡が取れなくなっていた。死んだか、捕らえられたか。どちらにせよ、彼らの使っていたセーフハウスは危険だった。

昼間はじっと隠れ、夜闇《やあん》に紛れ、少しずつ移動する。人の目、防犯カメラ、ドローン、衛星、全てが敵だった。

高架下にわずかな死角を見つけた。〈チェシャ〉はフェンスを乗り越え、コンクリートの陰に入り込んだ。

激しい渇き。左脇腹に走る、冷たく熱い激痛。

ここで死ぬのだ。この見知らぬ土地で。そう思った。

せめて、仲間たちに伝えなくては。今はもう離ればなれになった戦友たちに。

《白雪機関》は暴走を始めている。もし彼らの言うことが本当だったのなら、〈飛鷲〉に、彼の仲間たちに危険が迫っている。

まだ死ぬわけにはいかない。少し休んでから、壁を支えに体を起こした。

橋脚に描かれたグラフィティの一つに目が吸い寄せられた。

それは一見、ただの落書きのようだった。黒いスプレーで乱雑に描かれた軌道。

だが、それは〈チェシャ〉に雄弁に語っていた。

それを残したのは仲間だということを。仲間がこの近くにいることを。

〈チェシャ〉はサインを読み取った。セーフハウスの場所、そこへのルート、非常用物資のありか。

体の奥から力が湧いてくるのを感じた。

〈チェシャ〉は壁から離れ、指示された方向を見た。

月明かりの下、なだらかな丘陵の上、四角い建物が浮かび上がっていた。

◆

「転勤？」

〈戌《イノコ》〉は布団に潜り込んだまま、尋ねた。

「いつ？」

「すみやかにだと」

キャビネットの前で着替えながら、〈申《マシラ》〉が隠語交じりに答える。『転勤』とは任務の終了、『すみやかに』というのは可及的即時撤収を意味する。

「あーあ、せっかく面白くなってきたところだったのにさー。あ、知ってる？　あの子に彼女できたの」

「彼女じゃねーだろあれ。あんな根暗君にあんなＪＫが言い寄るわけないわ。カツアゲだカツアゲ」

「モテないからって僻《ひが》むんじゃないわよ」

寝返りを打って、天井を見上げた。

六畳間。数え切れない仮の住まいのうちの一つ。それでもここを去らなくてはならないと思うと、毎度、妙な感情が湧いてくる。

「で、どうすんの？」

「すぐには身動きは取れないから現状維持だと。明日、上と打ち合わせて、それから撤収方法を決める」

「私は？」

「それまでは任務継続だ」

「あっそ」

だとすると、明日が凡田《ぼんだ》君監視の最終日か。

彼が何者で、どうして監視していたのか、結局わからずじまい。それ自体はどうでもいいのだが、心残りはあの女の子との結末がどうなるか、知らずに去ることだ。

そういえば、明日は球技大会がある。凡田君、浮かれて告白とかしないだろうか。

……まあ、ないか。

凡田君のことだ。明日は、何事もない最後の日となるだろう。

八、〈弓竹〉の目覚め

1

球技大会当日、快晴だった。

初夏の青空の下、スピーカーから流れる校長の挨拶。生徒会長からの挨拶。生活指導部からの諸注意。それが終わるのを、生徒たちはジャージ姿のだらけきった姿勢で待ち受けていた。

二年F組の列の後方で、凡田《ぼんだ》は前髪の下から、隣の列、少し離れたところに芹沢明希星《せりざわあきほ》の背中に視線を移した。

彼女は相変わらず、誰とも会話することなく、ぼんやりと立っていた。

週が明けて、明希星は凡田の前に現れなかった。

朝も昼も放課後も、凡田純一《じゅんいち》のところに姿を見せなかった。挨拶も、質問も、なかった。

もう、凡田には関心がないように。

これで終わったのだ。そう思った。

何が要因で何が要因でなかったか、それは凡田にはわからないままだ。一体、何のために行われたゲームなのか、誰の指示でやっていたのか、それもわからない。

しかしこうなった以上、それは大きな問題ではなかった。

あとは数日を耐えればいいだけだ。

周囲も最初は怪訝《けげん》に思うだろう。明希星がどうして関わらなくなったのか興味を持つだろう。

それもわずかだ。

皆、すぐに忘れるだろう。そして、元の穏やかな生活に戻るのだ。

空気のような、元の生活に。

「それでは怪我《けが》のないように今日一日、頑張ってください。以上」

一連の挨拶が終わり、ようやく球技大会が始まった。


「終了ー。Ｅ組の勝利です」

そして、凡田の球技大会は午前十時に終了した。

ドッジボールの部、一回戦敗退。凡田は忘れ去られたように外野で敗戦を迎えた。

あとは自由時間のようなものだ。一応、自分のクラスの応援をすることになってはいるが、自分がいてもいなくても誰も憶《おぼ》えてはいないだろう。

校舎付近は閑散としている。

人の流れは去年の事例からわかっている。凡田は人の集まる体育館、部室棟などを避け、目立たない裏手へと向かった。

「あ、凡田君《ぼんだ》」

裏門に小清水《こしみず》教諭がいた。ジャージ姿に大きなレンズのカメラを構えている。

「あれ？　試合は？」

「負けました」

「えー！　せっかくカメラ持って来たのにー！」

小清水は唇を尖《とが》らせて、裏門を見やった。

「もう、誰かのいたずらのせいで……。見てよ、これ。ひどいでしょ？」

ぶつぶつ言いながら、敷地を出て塀を指さした。凡田はふらふらあとをついていき、小清水が示したものを見た。

そこにグラフィティ《落書き》が描かれていた。

「昨日の夜にやられたみたい。学年主任が被害状況を記録しておけって。私のカメラ、こんなことに使うためにあるんじゃないのに……」

「………」

「そうだ。お願いがあるんだけど」

小清水が突然、思い出したかのように言った。

「落書き、消しておいてくれないかな？」

「わかりました」

小清水が去ると、凡田はグラフィティを凝視した。

グラフィティというにはあまりに雑かもしれない。雨雲のような、黒いスプレーだけで描かれた、でたらめな形。ここを通る全ての人間が、そこには何の意味も見いださなかったはずだ。

凡田純一《じゅんいち》以外は。

見間違えるわけがない。この書式を教えたのは自分なのだから。

凡田はグラフィティの描かれたコンクリートに触れた。表面の汚れを払う。まだ真新しかった。塗料はかすれていない。小清水が言った通り、昨夜描かれたものに間違いない。

そのグラフィティはこう告げていた。

『緊急事態。掩護《えんご》求む』

2

凡田は本校舎から連絡通路を進み、特別教室棟へと入った。

人気《ひとけ》はなかった。今の時間帯、ほとんどの生徒は試合か応援に当たっている。

凡田はドアの一つ一つをチェックしながら、目的地へと向かった。ここに『サイン』を残した以上、凡田が街のあちこちに残した『サイン』を見たはずだ。かつての仲間たちがここに現れたときのために残したメッセージを。

罠《わな》。その可能性はあった。

かつての仲間が捕らえられ、連絡手段を自白した。あるいは、すでに連絡手段は見抜かれていた。もしくは……自分たちを裏切ったことに対する報復。

それでも行くしかなかった。罠《わな》の可能性のほうが高かったとしても、見て見ぬふりをするわけにはいかなかった。

あの『サイン』を描いた人間に、その描き方を教えたのは自分なのだから。

視聴覚室のドアに異変を見つけた。鍵の部分にささやかな傷が残っている。らしからぬ傷跡だった。

ポケットに入れていたクリップを手早く成形し、鍵を開けた。

暗幕で閉めきられた教室。並んだテーブルとパイプ椅子。正面にモニター。古い機材の乗ったラック。

薄闇の中、凡田《ぼんだ》は埃《ほこり》まみれの引き戸の一つを開けた。底板をずらし、手探りする。そこに仕込んでおいた逃走用具はなくなっていた。

「動くな」

背後で声がした。合成音のような声。同時に、撃鉄を起こす音。

「両手を見える位置に上げろ」

英語だったからわからないふりをしてもよかった。凡田はそうはしなかった。言われるまま、両手をゆっくりと上げた。

「どこへ行くつもりだ。どこで何をするつもりだ」

その言葉を聞いたとき、慚愧《ざんき》の念が溢《あふ》れ出てきた。凡田は応えた。

「俺たちはどこへも行かない。ずっと、どこにも」

しばらくの沈黙。やがて、相手が口を開いた。

「こっちを見ろ」

膝をついたまま、よたよたと身体《からだ》の向きを変える。小さな人影が、コルトのオートマチックを手に、尋ねてきた。

「誰？」

声が変化した。年相応に幼くなり、東欧訛《なま》りが強くなった。凡田の推測は当たっていた。

「〈チェシャ〉、俺は仲間だ」

「フェイ……？」

影がゆっくりと近づいてくる。顔を覆っていた布を取った。小さな、体温を失った手でこちらの顔を撫《な》でてきた。顔を変えた後の自分を、この子は知らない。

「フェイなの……？」

違う、と答えることもできただろう。自分は飛鷲《フェイジウ》の使いなのだということもできただろう。

「そうだ」

「本当に？」

「疑うのなら何か質問を……」

「フェイ……！」

少女が抱きついてきた。

「よかった……！　本当に生きてた……！」

凡田《ぼんだ》は黙ったまま、それを受け入れた。

どうしてここに来たんだ。

お前には居場所を用意したはずだ。新しい名前、新しい人生。お前の経歴はまだ、俺のように血塗られてはいなかった。俺より容易に抜け出せたはずだ。穏やかに静かに暮らせる場所を見つけたはずだ。

武器を捨てられなかったのか。何か他に理由があったのか。

その理由は分かりきっている。

逃げられはしなかったのだ。

俺も、お前も。仲間たちの全ても。あの組織から離れることはできなかったのだ。

質問を飲み込みたかった。だが、どうしても聞かなくてはならないことがある。

凡田は工作指揮官としての自分を呼び覚ました。

「何があった？　全て話せ」

彼女は〈チェシャ〉と呼ばれていた。その名をつけたのは〈飛鷲《フェイジウ》〉だ。

孤児だった彼女を見つけ、訓練し、一人の工作員にしたのも〈飛鷲〉だった。

〈飛鷺《フェイジウ》〉の部下、ロストボーイズ。彼女はその一人だった。

〈飛鷺〉が諜報《ちょうほう》世界から逃げる決意をしたとき、彼らのことを全て済ませるつもりだった。血と銃の世界から足を洗えるよう、金を用意し、身分を用意し、新しい人生を用意した。そのつもりだった。

「フェイが生きてるって……あいつらがそう言ったの」

〈チェシャ〉はそう語った。

故郷で暮らしていた彼女を《白雪機関》は見つけ出したのだ。組織の人間は彼女にこう囁《ささや》いた。

飛鷺は死んではいない。まだこの世界で生きているかもしれない。だが、我々に飛鷺を見つけることはできない。飛鷺が望まないかぎり、彼を見つけることはできない。

「だから、協力してほしい」

組織のためには、まだ彼の力が必要だ。何としても探し出さなくてはならない。

嘘《うそ》だと思った。それでも構わなかった。

もう一度、彼に会えるのなら。

チェシャは経緯を語った。だが、明らかに質問を飲み込んでいた。

どうしていなくなったのか。どうして死を偽装したのか。どうして何も連絡してくれなかったのか。

罪悪感が押し寄せてきた。

最後まで残るべきだった。そこで終わるべきだった。

普通の生活など、ありえないことだった。あってはならないことだった。

俺はこの子たちにも平穏を与えたつもりだった。死を偽装して、この子たちに嘘までついて、自分は逃げた。そのせめてもの埋め合わせをしたかった。

そんなこと出来るはずはないのに。チェシャは未《いま》だに戦場にいてこんな極東にまで逃げてきた。ロストボーイズたちは今もまだ、彼らの戦場にいるのだ。

与えるなんて、おこがましい。

平穏なんてもの、自分だって手に入れられなかっただろう？　この生活は平穏だったか？　常に追われる感覚に悩まされ、疑心暗鬼に襲われる、この生活が。

逃げよう。全てを捨てて。

せめてもの償いのために。遅すぎた償いのために。

「隠れていろ。ピックアップの手配をしてくる」

「わかっ……」

言いかけて、〈チェシャ〉が崩れ落ちた。慌てて受け止め、彼女の異常な体温に気付いた。

「どこをやられた……！」

「何でもない……！」

チェシャは脇腹を押さえていた。息は弱々しい。

どうして気付かなかった……！

黒装束を脱がせ、傷口を確認した。ガムテープで巻かれた腹部が露《あら》わになった。左脇腹に血が赤くにじみ出している。やはり、負傷していた。

「銃か……？　いつやられた⁉」

「……ノープロブレム。何でもない」

問題ありだった。

少女は苦痛に顔を歪《ゆが》める。血の気を失った、青白い肌。

「ここで待っていろ。いいな？」

凡田《ぼんだ》は治療器具を調達するため、本校舎へと向かった。

3

気がつくと、ホイッスルが吹かれ、明希星《あきほ》の球技大会は終わっていた。

コートの中、我に返る。クラスメイトたちはぞろぞろとコートの外に出て行っている。

そうか。試合、終わったのか。スコアボードを見ると、どうやら普通に負けたらしい。

試合に出ていた記憶も、自分が何をしていたのかも、いまいち憶《おぼ》えていない。明希星はぼうっとクラスメイトたちのいる応援スペースに戻った。

朝から、ひどく眠かった。

今日だけじゃなくて、今週に入ってからずっとそうだ。体が気怠《けだる》い。今度こそ風邪《かぜ》を引いたんだろうか。

「ねえ、芹沢《せりざわ》さん」

顔を上げると、クラスメイトの……名前は忘れたけど、クラスメイトの女子生徒二人がいた。こっちを何か笑いながら見ていた。

「今日は凡田君のところ、行かないの？」

「………ああ」

そういえば、今週は凡田君のところへ行ってない。

何となく、行きたくなかった。任務を続けないといけないのはわかってる。でも、眠気のような空気が肩からのしかかってきて、体が動かないのだ。

新しいリストが送られてきてからは、組織からの連絡も途絶えていた。だから余計にやる気が出なかった。質問のリストはほとんど埋まってしまったし、そう急ぐ必要もないと思った。

「何？　何？　凡田君とケンカした？」

明希星が黙っていると、彼女たちはさらに尋ねてきた。何でそんなこと聞いてくるんだろう？　別に関係ないじゃないか。

「してないけど？　なんで？」

明希星《あきほ》が聞き返すと、二人は「いや、別に」とかもごもごと言って、変な笑顔を見せながらその場を離れていってしまった。

変なの。

明希星は所在なげに、体育館を出た。本校舎に人気《ひとけ》はなかった。

凡田《ぼんだ》君、どうしてるだろう。私が急に行かなくなって変に思っているだろうか。せっかく、映画に誘ってくれたのにな……。

「？」

明希星はネコ科の大型肉食動物のように耳をそばだてた。

凡田君の足音が聞こえてきた。誰もいないはずの教室棟の方からだ。凡田君の足音はどこかの階段を上がっていき、急に消えた。

何してるんだろう？

明希星はそっと、そちらへ向かった。

三階。特別教室棟への連絡通路まで来たが、凡田君の気配を見失ってしまった。そのまふらふらと特別教室棟へと入っていくと、微《かす》かに上から話し声が聞こえてきた。明希星は何故《なぜ》か、足音を消し、階段を上っていった。

四階の隅、視聴覚室の前に立った瞬間、明希星は懐かしい感触に包まれた。

なまぬるい、肌にまとわりつくような空気。

鼻腔《びこう》に入った瞬間、映像が蘇《よみがえ》った。赤い手。赤い服。赤く染まった、先生の姿。最後の先生との記憶。

吸い込まれるように、明希星は視聴覚室のドアに手を掛けた。

「凡田君……？」

室内、男子生徒が背を向けていた。座り込み、床にある何かを覗《のぞ》き込んでいる。

明希星の頭に情報が流れ込んできた。

横たわった人。戦闘服に包まれた小さな体。弱々しい呼吸音。針、糸、消毒液。散らばったティッシュ。ゴミ袋。

そして、あの空気が押し寄せてくる。生温《なまぬる》い、血の臭い。

「芹沢《せりざわ》さん」

暗幕の前で、凡田君が立ち上がった。眼鏡《めがね》の奥が見通せなかった。

「誰か怪我《けが》しているみたいなんです。先生たち呼んでこないと」

平然と言った。

……凡田君。何で嘘《うそ》ついたの？

頭の中で声が聞こえた。

右手、どうして隠してるの？　何を持ってるの？　それ、銃だったでしょ？

「芹沢さん？」

凡田君が近づいてくる。いや、『凡田君』だったものが近づいてくる。

組織が彼の情報を引き出せと言った。理由は？　どうしてただの高校生に近づけと言ったのか。

答えは目の前にぶら下がっていた。

ただの高校生じゃなかったから。

「芹沢《せりざわ》さん、保健室に行って誰か呼んできてもらえませんか？」

どこまでが本当だったの？

どこまでが嘘《うそ》だったの？

『気にしないでください。僕もぼうっとしてたので』

はじめて話したときも。

『外で食べようと思って……』

一緒にごはん食べたときも。

『今、推しなのは『くれたん♡らばー』っていう漫画で……』

放課後、おしゃべりしたときも。

『これ楽曲担当してるのがアイドルとかにも提供してるアーティストなんです』

二人で映画を見に行ったときも。

あれは本当の『凡田君《ぼんだ》』じゃなかったのか？　『凡田君』なんて最初から存在しなかったのか？

全部、全部、嘘だったのか？

「…………………」

『凡田君』が何かを言っている。違う。『凡田君』だったものが何か言っている。

でも、声が聞こえない。うるさい。頭の中の声が大きすぎて何も聞こえない。

ほら、戦わないと。もう間合いに入っている。奴《やつ》は銃を持っている。先手を取らないと。

うるさい。

殺さないと。先生との約束なんて考えてる場合じゃない。

うるさい。

やらなきゃやられるんだ。いま、やらなくちゃ。

うるさい。今さら現れて、何を言うんだ。どうして私が必要としたとき現れてくれなかったんだ。ずっとずっと待ってたのに、どうして何も教えてくれなかったんだ。

「芹沢さん？」

「……うるさい」

もう喋《しゃべ》るな。

もう喋るな。

もう喋るな。

私の知りたいこと、なにも教えてくれないのなら。

4

見られた……！

凡田《ぼんだ》は自分の迂闊《うかつ》さを呪った。尾行にどうして気付かなかった？　俺はそこまで衰えていたのか。

逆光で、明希星《あきほ》の表情は見えなかった。ゆっくり、ドアが閉まり、視聴覚室は薄闇に包まれた。

「芹沢《せりざわ》さん、誰か怪我《けが》しているみたいなんです……！」

とっさに凡田はまくし立てていた。

明希星を遠ざける。凡田は即興のストーリーをでっち上げた。滅茶苦茶《めちゃくちゃ》なあらすじ。それを熱量で補え。考える暇を与えるな。とにかくこの場から離れさせるんだ。

「先生たち呼んでこないと……！」

立ち上がり、〈チェシャ〉を明希星の視線から隠した。

凡田は銃を隠そうとして、出来ないことに気づいた。ジャージのゴムでは銃の重みを支え切れない。落ち着け。慌てるんじゃない。銃だと思うはずがない。凡田は銃を後ろ手に隠した。

「芹沢さん、あの……！」

明希星は何の反応もしない。前髪で表情が見えない。

「芹沢さん？」

様子がおかしい。顔を覗《のぞ》き込もうとした瞬間。

「うるさい」

芹沢明希星の姿が消えた。

目を疑い、我に返ったときには明希星は蛇が地を這《は》うごとく、足元に迫っていた。

反応できなかった。

頭の常識と、体の本能が、相反する行動に出る。凡田は足を止めたまま、思わず、銃口を向けた。

次の瞬間、彼女の身体《からだ》は、一気に天井近くに跳ねた。

彼女は壁を走っていた。実際は、壁を蹴り、宙を舞っただけなのだろう。だが、そう見えた。

妄執が現実を伴って立ち上っていた。

昨日までに育んだ妄想が、現実となって襲いかかってきていた。

あまりにも現実離れした光景に、脳が反応できなかった。銃口が彷徨《さまよ》い、右手が壁にぶつかった。素人《しろうと》じみた動き。

肩に衝撃。上下逆さまになった明希星が体を捻《ひね》りながら踵《かかと》を打ち下ろしていた。

痛みが、意識を現実に引き戻した。

芹沢明希星は素人じゃない！　最初の直感は正しかった。こいつは敵だ！

最後の一線で、銃だけは手放さずに済んだ。

距離を取り、銃の照準を定める。

だが、遅かった。

明希星《あきほ》の左手が凡田《ぼんだ》の銃を捕らえていた。スライドと撃鉄を正確に握り込んでいた。

訓練された軍用犬のような動き。

明希星は右手を銃把《じゅうは》に当て、関節技の要領で拳銃を引き離そうとする。腕ごとねじ切られるような力。

凡田は力に逆らわなかった。腕を捻《ひね》られるのにあわせ、跳躍。側頭部に膝を打ち込む。

あっけなく躱《かわ》される。

明希星は合気のように腕を捻る。銃を支点に凡田の体が宙を舞った。

相手の意識が武器に向かったと判断、凡田はあえて銃を手放し、空中で体勢を立て直し、かろうじて着地した。

明希星は奪い取った銃を構え直す。

その隙に凡田は踏み込み、左フックを放つ。明希星は両手で銃を保持したまま、スウェーしてそれを躱す。

それは囮《おとり》だ。凡田は体を反転させ、右の裏拳を見舞う。それも明希星は躱す。

銃口の前に、凡田の隙だらけの体が晒《さら》される。

だが、それも囮。生憎《あいにく》だが、銃の薬室は空だ。

凡田はさらに反転、明希星が照準に集中した瞬間、最下段、死角からの後ろ回し蹴りを放った。

手応えが、なかった。

直後、腹腔《ふくこう》が爆発したような衝撃が走った。

「……っ！　……っ！」

体が吹き飛ばされ、肺から空気が搾り取られる。かろうじて意識を繋《つな》ぎ止めた凡田の視界に、迫り来る明希星が映る。

距離を……距離を取らなくては……！

背後で〈チェシャ〉が動く音が聞こえた。

「手を出すな！」

間に合わなかった。チェシャがナイフを投擲《とうてき》したのだ。どうしてそれがナイフだとわかったかといえば、芹沢《せりざわ》明希星がそれを掴《つか》んで、受け止めていたからだった。

筋力、敏捷性《びんしょうせい》、反射速度。あまりにも質が違った。

こういう人間たちを、かつて見たことがあった。

訓練とか、そういうもので身につくものではない、生まれながらの素質を持った『怪物』たち。

次は何を食らったのかわからなかった。

頭部への衝撃に一瞬、意識が飛び、体が宙を何回転もしたかのように、あるいは実際に何回転もして、床に叩《たた》きつけられた。

……気がつけば、自分は組み伏せられていた。

横たわった自分の上に、芹沢明希星《せりざわあきほ》が馬乗りになっていた。

最初に戻った。何となく、そう思った。

やはり、俺はあのとき死んでいたのだ。紆余曲折《うよきょくせつ》あった末、ここに辿《たど》り着《つ》いたのだ。あのときと違うのは〈チェシャ〉がいることだった。あのとき死んでさえいれば……。

明希星が腕を振り上げる。ナイフを持った右手を振り降ろし、そして……。

衝撃音。

「あんた……誰なの……！」

明希星の腕は床に叩きつけられていた。

「なんで、あたしにこんなことさせたの……！　四年間、ずっと、ずっと、待って。それでやっとそのときが来たと思ったら……」

何度も、何度も、腕を地面に叩きつける。

「あたしは何のためにここにいるの……！」

支離滅裂だった。何を言っているのかわからない。誰に向けての言葉なのかもわからない。

「黙ってないで答えて！」

やっと、彼女の表情が見えた。

泣いていた。

瞳に浮かんだ抑えきれない感情。そこからあふれだした涙が、凡田《ぼんだ》の頬《ほお》に落ちた。

そのとき、凡田は彼女の正体を知った。

子供だった。

芹沢明希星は恐るべき戦闘力を有した、ただの子供だった。

5

「誰かいるのー？」

廊下からの声で我に返った。

とっさに明希星は凡田君……数分前まではそうだった男の腕を極《き》め、目に入ったロッカーの陰に押し込んだ。銃口を頭に押しつけた。

「騒いだら殺す……！」

それはどちらに言ったのか、自分でもよくわからなかった。彼は無抵抗のまま、壁に押しつけられていた。もう一人はテーブルの陰に隠れ、こちらを睨《にら》み付《つ》けていた。

現実に引き戻され、そして事態の深刻さが徐々に押し寄せてきた。

自分は何をしていたんだ？　半分くらい記憶がない。血を見て、頭に血が上って……。

凡田純一《じゅんいち》は凡田君じゃない。

こいつは本性を隠していた。それが今の戦闘でわかった。組織が目を付けていた理由は、奴《やつ》が敵だからだ。

同時に、自分の正体も割れた。

判断は正しかったのだろうか。こいつは銃を持っていた。戦わなかったら危険だった。

本当にそうか？　何もわからない。

「まだ昼休みじゃないですよー、戻りなさーい」

声が近づいてくる。女の人、たぶん、先生の誰か。もし部屋に入ってきたら、もしこれを見られたら……。

「ねえ？　誰かいますかー？」

足音が近づいてくる。それは視聴覚室の手前まで来て……。

「…………」

そして、引き返していった。足音はどんどん遠ざかっていき、やがて聞こえなくなる。

再び、視聴覚室が静寂に包まれた。

明希星《あきほ》は緊張から解き放たれ、息を吐いた。

指示が欲しかった。

私はどうしたらいい？　組織への連絡手段は返信用の封筒しかない。電話連絡の手段も知らない。

逃げるべきなのか。留《とど》まるべきなのか。

戦うべきなのか。拘束すべきなのか。

殺すべきなのか。生かしておくべきなのか。

「俺を殺すな」

心が震え、危うく、引き金を引くところだった。

薄闇の中、凡田《ぼんだ》の目がこちらを捉えていた。頭を傾け、こめかみに銃口を突きつけられながら、目が、自分を見据えていた。

そこには、何の感情も見えなかった。

「俺を殺すな」

それは懇願ではなかった。脅迫でもなかった。命令でもなかった。

「俺を殺せば、お前も死ぬことになる。今からそれを説明する。それから判断しろ」

なんと言っていいのかわからない。先生が私に説き伏せるかのような言葉。

明希星が知っている言葉でいうのなら、それはたぶん『事実』と呼ぶべきものだった。

6

「お前が生き残るためには三分以内に説明を終えなくてはならない。だから、話を聞け」

そして、凡田君だったものは言った。

「一、お前は誰かに命じられて俺に接近した。

それははっきりとしている。お前が俺に接触した日、お前は俺を待ち伏せしていた。あそこはお前の自宅からのルートではないし、飛び出してきた路地は通行止めになっている。駅からは通り抜けられない。何かの意図を持っていることは明白だ」

「二、お前の目的は情報収集だ。おびただしい量の質問がそれを示している。また、会話中のお前の官僚的な態度もそれを補足している」

「三、だが、お前の諜報《ちょうほう》技術は未熟だ。お前は質問リストを盗み見ていた。リストの所持自体、禁止されていたはずだ。諜報員《ちょうほういん》であれば決してやらない禁則事項を繰り返しているのは何故《なぜ》か？」

「四、一方で、お前の戦闘技術は稀《まれ》なものだ。今見せた近接戦闘において、お前ほどの能力を持っている人間を俺は数人しか見たことがない」

「五、お前は暗殺者だ。兵士ではない。純然たる暗殺者だ。先ほどの戦闘でわかったもう一つの事実だ。訓練された動きでありながら、その能力の片鱗《へんりん》は外見には現れていない。巷間《こうかん》に潜めるよう、お前の上官がそのように作り上げたんだ」

「六、だからこそ、その能力のアンバランスさに疑問がある。お前の諜報技術の未熟さと、お前の戦闘能力とは裏表の関係にある。お前は戦闘訓練に偏重し、それ以外の訓練を受けていないことがわかる。それはお前の役割が限定的であるからだ」

「七、また、お前は俺の正体を知らない。

お前の動揺は嘘《うそ》ではない。それは確かだ。お前は俺を普通の高校生と思っていた。上からは何も知らされていない」

「八、お前は孤立している。

それが意味するのはお前と組織の間にある情報の断絶だ。肝心な部分を誰も知らない。暗殺者であるお前に情報収集の命令を与えるのもそうだ。お前に肝心な任務の中身を知らせないのもそうだ」

「九、だから、お前にバックアップは存在しない。

それは今の逡巡《しゆんじゆん》でもわかる。お前の精神の不安定さはそこに由来している。自分で判断を下すことができないのに、それでも今の今まで、お前は組織に指示を仰がなかった。簡単に連絡が取れない、あるいは連絡手段自体を知らないんだ」

「十、これらの要素から導き出される仮説。

お前は潜伏者。スリーパー。眠れる暗殺者だ。組織からも切り離され、ただ一度の仕事のために、ここにやってきた」

ただ一度。先生の言葉。あの日から、明希星《あきほ》を縛っていたあの言葉。

そして彼は言った。明希星の心を射貫《いぬ》くかのように。

「そうだ。お前は使い捨てなんだ。誰かを殺したとき、お前の価値はなくなる。だから、俺を殺せなかったんだ」

凡田《ぼんだ》を掴《つか》んでいる彼女の手が震えた。

崩せる。凡田は確信した。

一度きりの任務。それがこいつの核心だったのだ。

「十一」

凡田は続けた。

「組織からは何を聞かされている？　任務が終われば自由になれる？　ちゃんと逃がしてくれる？　それを信用するかは置いておく」

まだ明希星《あきほ》は動揺を引きずっている。正気に戻させるな。このまま、一気に畳みかけろ。

「肝心なのはお前は失敗したという事実だ。お前は俺に正体を知られた。それは間違いなく組織に伝わる」

「十二、スリーパーには監視者がいる。

完全な断絶などありえない。常に離反の危険があるからだ。お前とは直接接触しないように、それでも離脱をしないことを確認する手段がある。手紙か、電話か、お前ならわかるだろう？　お前がそのルーティンを外れれば、すぐに監視者にはわかる」

「十三、ここで俺たちを殺すことはできるだろう。

だが、それで終わりだ。俺がいないことはすぐにわかる。防犯カメラから俺が外に出ていないこともわかる。周囲には生徒たちの目がある。死体を隠すのも、持ち出すのも困難だ」

「十四、そのとき疑われるのはお前だ。お前が一番、俺に近い人間だからだ。お前の住居にも捜査は及ぶだろう。お前の偽装はそれに耐えられるか？」

「十五、そのとき組織は手を貸してくれるか？　失敗したお前を、危険を冒《おか》して助けてくれるか？　痕跡を断つ方が簡単なのに。お前の正体が割れた以上、お前の利用価値はなくなった。それでも助けてくれるのか？」

「十六、では、単独でお前はここから逃げられるか。おそらく不可能だ。お前は誰からどうやって監視されているかを知らない。逃げ切ったと思ったとき、誰も見ていないとき、組織はお前を殺すだろう」

凡田は核心へと迫った。

「十七、お前の助かる道は一つだ。これまで通り、普通の生活を送ることだ。生徒たちを騙《だま》せ。組織を騙せ。誰の目から見ても、1ミリのズレもなく、今まで通りの生活を送ることだ。今ならまだ間に合う。戻るのであれば早ければ早いだけいい。十五分、それがぎりぎりのラインだ。それ以上は怪しまれる」

「十八、結論。俺を殺すな。その代わり、お前を助けてやる。

今の状況を説明するために二分三十秒掛かった。十五分以内に元のルートに戻るには残り三十秒で結論を出さなければならない。二十秒後には偽装を開始しなければならない」

そして目を閉じた。

「五秒、答えを待つ。選べ。俺とともに生きるか。俺とともに死ぬか。五、四、三、二、一」

目を開けた。

明希星《あきほ》は銃を下ろしていた。

闇の中で、彼女の暗い瞳がこちらを見つめていた。どこにいても目立つような、あの明るさは失われ、ただ、無感情にこちらを見返しているだけだった。

こうして凡田《ぼんだ》は戻ってきた。

命を刃《やいば》の上に乗せる、この世界に。

◆

「ゲームセット、A組ペアの勝利です」

コールを受け、黒姫《くろき》たちはコートを出ると応援スペースのクラスメイトたちに駆け寄った。

「さっすが！　キャプテン！」

「ありがと」

黒姫はクラスメイトたちと次々とハイタッチを交わしていく。

橘《たちばな》黒姫はソフトテニス・ミックスダブルスを完璧な佇《たたず》まいでこなしながら、その間、事件のことを常に考え続けていた。

屋外、運営本部のテントの下で一息つきながら、携帯をチェックする。が、いまだに薫《かおる》子《こ》からの連絡はない。

あと一人はどこへ消えたのか。

銃撃戦があってから、数日が経《た》っていた。周辺への主要ルートは全て押さえてある。警察内部にも手を回し、港を出る道路には検問が張られている。公共交通機関も同様だ。

それなのに、市外に抜けた形跡もない。隣接した街での目撃情報もない。

逃げられたのか？　無能どものことだ、それもあり得るだろう。

「橘さーん、こっち見てー」

小清水《こしみず》がカメラをこちらに向けていた。黒姫は完璧な撮影用の笑みを浮かべ、写真に収まった。小清水はにこにことこちらに歩み寄ってくる。カメラ一式は私物のようだ。挨拶運動のときに黒姫が褒めたことを憶《おぼ》えているのだろう。

黒姫は完璧な優等生の偽装で、小清水の望みを叶《かな》えることにした。

「先生、今日も写真撮影担当なんですか？」

「そうなの。こないだの写真が好評だったみたいで、学年主任から『やってみないか』って」

嘘《うそ》。おそらく、自分から学年主任に売り込んだのだろう。

「へえ、見てみたいです」

小清水《こしみず》はテントの中に入ると、カメラからカードを引き出し、タブレットに挿入した。

「そう？」

「以前も思ったんですが、やっぱり経験者は構図が違いますよね」

「そ、そうかな？」

「私もたまにやってみるんですけど、上手《うま》くいかなくて」

「え、橘《たちばな》さんもカメラやるの？　見てみたいな」

小清水が微笑《ほほえ》む。見たい、というのは要はいろいろアドバイスしたい、ということだ。そこはさすがに面倒くさいから、遠慮する方針でいこう……。

一枚の写真に目が留《と》まった。

あのグラフィティ・アート。コンクリートの壁面に、あのグラフィティがあった。

「ああ、これは違うの。昨日、誰かが裏門に落書きしてね。証拠画像を保存しておくようにって」

「グラフィティ・アート、っていうんですよね。こういうの」

「ええ？　ただの落書きにしか見えないけど」

黒姫《くろき》は画像を拡大し、凝視した。黒いスプレーで乱雑に描かれたもの。ただの悪戯《いたずら》書きに見える。だが、間違いない。あれと同じ文法だった。一見して、共通項が見つけられた。

何故《なぜ》、ここにこれがあるのか？

「あ、そろそろ応援にいかないと。ありがとうございました」

「どういたしまして」

小清水は上機嫌でその場を去って行く。黒姫は周囲を見渡して、姿を消した。

九、蘇る〈飛鷲〉

1

状況は悪化していた。

〈チェシャ〉の治療を続けながら、凡田《ぼんだ》は思った。

ここで出来るのは応急処置くらいだ。学校内から必要な器具を集めれば縫合くらいは出来るかもしれない。

だが、それだけだ。

出血は確実にチェシャの体力を奪っていた。冷たい手、発熱した傷口。感染症の可能性。抗生物質は自宅に少しばかりあるが、今は何の役にも立たないだろう。

医者が要る。

救急車を呼ぶべきか。身元不明者として、チェシャを病院に送り込むべきか。

追われている状況で、命を狙われている現状で、それは危険過ぎた。銃創から、何らかの事件に巻きこまれているのは確実に露見する。情報はあちこちに漏れ、『組織』たちの知るところとなる。その気になれば病院内で殺害することも厭《いと》わないだろう。あるいは病院から忽然《こつぜん》と連れ去られ、世間が忘れた頃に死体となって発見されるだろう。拷問によって、あらゆる情報を搾り取られたあとで。

俺の手で運び出すしかない。

正体不明の監視者たちの目を欺いて。

ずっとパラノイアの中に蠢《うごめ》いていた監視者たちが実体を伴って現出していた。明希星《あきほ》を送り出したのはその一団に違いない。そして、明希星の情報と日本という立地から奴《やつ》らの正体に察しがついた。

《御伽衆《おとぎしゅう》》、冷戦の残滓《ざんし》。

奴らは今も、どこかで凡田純一《じゅんいち》と芹沢《せりざわ》明希星を監視しているはずだ。

「……その子、どうするの？」

凡田は背後を振り返った。

芹沢明希星は壁に背中を預け、銃をぶら下げたままこちらをじっと見つめていた。動揺は収まったが、今度は猜疑心《さいぎしん》が湧きだしているのだろう。

凡田は明希星に近づき、小声で言った。

「先にあの子を脱出させる。俺たちは普段通りに過ごし、正門から帰る。今はそれだけを考えろ」

「…………」

「ピックアップの準備を整えてくる。あの子を見ていてくれ」

それから〈チェシャ〉に聞こえないように、続けた。

「あいつには何も触らせるな。銃、刃物、布きれ、何もかも。何か触ろうとしたら取り上げろ」

「は？　何で……？」

聞き返す明希星《あきほ》に、凡田《ぼんだ》は目を覗《のぞ》き込んで言った。

「俺の目を見ろ。やると言え」

「……わかった」

明希星は理解出来ない様子だったが、頷《うなず》いた。

2

視聴覚室から凡田君が出て行き、明希星は見知らぬ少女と二人きりになった。

凡田君の作業を眺めているうち、明希星は落ち着いたような、落ち着かないような妙な気分になっていた。

静まりかえる廊下。校庭からは生徒たちの声が遠く聞こえてくる。

銃からマガジンを抜いた。弾倉に残った一つだけの銃弾。薬室は空だった。

少女の細い息が聞こえてきた。彼女がうっすら目を開け、明希星が手にしている銃を見て、不安そうな表情を見せた。それはそうだ。さっきまで私と凡田君は殺し合いをしていたのだ。明希星は銃を床に置いた。

ぼそぼそ、と何か言った。聞き取れず、顔を寄せると少女が言った。

「あなたは、あの人とどういう関係なの?」

明希星は少し考えて、答えた。

「ただの友達」

明希星は聞き返した。

「あなたは?」

「………」

一瞬、少女の顔が強《こわ》ばった。

「ごめん。もう、聞かないから」

明希星が言うと少女はぎこちなく笑った。不安の中で、なんとかこちらを信用しようと努力しているみたいだった。

凡田君、慕われてるんだな。そう思った。

この子は凡田君のことを信頼している。だから、見ず知らずの私に命を預けてまで、信じようとしている。

その理由がわかるような気がする。

『何も持たせるな』

奪った銃には、銃弾は一発しか入っていなかった。最後の一発。この子はいざとなれば、それで死ぬつもりだ。凡田君はそれを恐れているのだ。

数分後、音もなくドアが開き、ゴミ袋を手にした凡田君《ぼんだ》が戻ってきた。

「……逃げなかったんだ」

明希星《あきほ》は表情を消し、尋ねた。凡田君は苛立《いらだ》つこともなく、平静に答えた。

「余計なことは考えるな。俺たちは日常に戻る。それができなければ死ぬしかないんだ」

それから少女の傍らに屈《かが》み込んだ。

嘘《うそ》。

彼の背中を眺めながら、そう思った。

先生がたまに、あんな表情をしていたのを思い出す。

嘘だとわかっていて、それでもその嘘を子供に教え込ませなければならないときの、そして自分も思い込まないといけないときの、大人《おとな》の顔。

いくら明希星でも、凡田君の説明が理屈に合わないのはわかった。

自分だけが助かる方法ならいくらでもあったはずだ。

この子は追われているうえ、怪我《けが》をしている。足手まといにしかならない。さっき姿を消したとき、そのまま逃げることだって出来たはずだ。

こいつは凡田君じゃない。

私の知っている凡田君は存在しない。学校での凡田君は偽りの姿にすぎない。そう考えようとした。そう思い込もうとした。

それが出来ない。

今になって、ようやくその理由がわかった。

ずっと、何かを怖がっているんだ。

一見、あの男は強く見える。動じないように見える。

そうではなかった。

凡田君ではなくなってからも、あいつは何かに怯《おび》えていた。周りの世界を恐れている。

自分の正体が明らかになることを。少女が自ら命を絶つことを。

あの男の本当の部分は、恐怖なんだ。

その姿が凡田君と重なって離れようとしない。神経質で臆病な、ぼさぼさ髪の、黒縁眼鏡《めがね》の、猫背の、ぼそぼそ喋《しゃべ》るあの凡田君の姿と。

それがどうしたのかといえば、何だかよくわからない。

一つわかっているのは、たぶん、あたしは凡田君を殺せない、それだけだった。

「一度、ここを出る」

凡田君は少女に指示を与えると、こちらに向き直った。

「昼休みの合図が出たら、校庭に来い。そこで作戦を説明する」

3

昼休み、校庭には生徒たちのグループがまばらに見えた。

凡田《ぼんだ》君は誰からも離れた芝生《しばふ》の上にいた。明希星《あきほ》が隣に座るとにこやかに告げてきた。

「唇を読まれるな。いつものように振る舞え」

言われるまま、明希星はスマホを眺めながらパンを食べ始めた。緊張で味がしない。凡田君はいつもの俯《うつむ》き加減で話を始めた。

「作戦の説明の前に『ストーリー』を確認する」

「『ストーリー』？」

「表向きの理由《カバーストーリー》だ。俺たちが消えていた間に何をしていたか、周囲が納得する理由をでっち上げる。これからはストーリーに従って行動しろ。役割通りの人間に成りきれ」

「……わかった」

明希星が集中すると、凡田君は『ストーリー』を話し始めた。

「先週の火曜日。芹沢《せりざわ》明希星は凡田純一《じゅんいち》に気がある素振りを見せ接近した」

「……うん？」

明希星はまずそこでつまずいた。

「え？　ちょっと待って……」

「時間がないんだ。まずは聞け。質問はそれからだ」

凡田君は明希星を制止して続けた。

「お前は登校中に俺を待ち伏せし接触した。目的は金だ。金を引き出すため、凡田にハニートラップを仕掛けた。凡田は異性には消極的であるが基本的には女好きだから、それに引っかかった。のぼせ上がり、映画デートに誘うことまでした」

「はにーとらっぷ……？　でえと……？」

「球技大会、凡田は応援をサボりお前と二人きりになろうとして視聴覚室へ誘った。お前も仕方なく付き合った。それがさっきの十五分に起こったことだ。ここまでで質問はあるか」

凡田君は真剣な顔で尋ねてきた。明希星は混乱する頭で考えてから、ようやく答えた。

「……そうじゃなくない？」

「何が違う？」

「どこっていうか……ハニートラップとか金目当てとか意味わかんないんだけど……」

明希星が言うと、凡田君は一瞬、あの威圧感のある目に戻った。

「いいか？　俺と駆け引きしようとするな」

「……は？」

「もう一度言う。俺たちは運命共同体だ。中途半端な対応をすれば命を縮めるだけだ」

「いや、駆け引きとかそういうんじゃなくって……！」

「共有する情報がわずかにぶれただけで命に関わるんだ。それが俺たちの生きている世界なんだ。それを忘れるな」

「だーかーらー！」

明希星は思わず大声を出し、慌てて口元を覆った。それから凡田君の耳元で言った。

「……あたしたち『ただの友達』じゃないの？」

「…………何？」

「あたし『凡田《ぼんだ》君と友達になれ』って命令されたの。それで『偶然』、通学路でぶつかったフリをしたんだよ。で、二人とも『偶然』、ぼっちだったから友達になりました、ってそういう話じゃないの？」

「お前の本心は関係ない。問題は周りの人間がどう思ってるかだ」

「だからみんなもそう思ってるんじゃないの？」

明希星《あきほ》が言うと、凡田君の顔がなんだか険しくなってきた。

「待て。待て。待て。もしかしてこう言ってるのか？」

凡田君はこちらを制しながら言った。

「お前は今まで『ただの友達』のつもりで凡田純一《じゅんいち》に接していたと？」

「そうでしょ？」

「他の生徒たちは俺たちが『偶然』、通学路でぶつかって、それをきっかけに仲良くなった『ただの友達』だと思っていると、そう言ってるのか？」

「そうなんじゃないの？」

「もう一度、俺の目を見て答えろ。本気か？」

「うん」

「………………」

明希星がまっすぐ凡田君の目を見て答えると、ぐらり、凡田君の体が傾いた。

「……凡田君？」

「いや、大丈夫、大丈夫だ。今、考えてる。問題ない」

凡田君は俯《うつむ》いたまま、ぶつぶつ、何か言っている。……全然、大丈夫じゃなさそうだ。

やがて、凡田君は呆《あき》れているような、怯《おび》えているような、そんな眼差《まなざ》しをこちらに向けてきた。どこかで見たような表情。そうだ。教えられたことを私が全然できなかったとき、〈先生〉が見せた表情に近い。

「お前……小学生か何かなのか……？」

「……は？」

「どこが偶然なんだ……！」

今度は怒り出した。

「あの路地は封鎖されてると言ったはずだ……！　お前が待ち伏せしてたのは誰にだってわかる……！」

小学生呼ばわりされた明希星も半眼になる。

「そんなに心配しなくて大丈夫だって。他の人、そんなの気にするわけないじゃん」

「いいか、百歩譲ってあれが偶然だとしても、俺とお前が『ただの友達』になる理由がないだろう……!?」

「理由はあるでしょ。同級生だし、隣のクラスだし」

「そんな理由で普通の高校生が納得するか……！　何か裏の理由が必要だと思わないのか

「何でそうなるのよ……！」

「お前みたいなかわいくてモテる女子生徒が凡田純一《ぼんだじゆんいち》のような何でもない冴《さ》えない男子高校生に近づくことがおかしいと言ってるんだ！」

かわいい。明希星《あきほ》はちょっとびっくりしてしまった。

「え……？　あ、ありがとう……」

「褒めてるんじゃない……！　客観的に状況を把握しろと言ったんだ……！」

……結局それ褒めてるんじゃないのかな。怒られながらも悪い気はしないでいると、凡田君は呆《あき》れたようにため息をついた。

「思い出してみろ。クラスメイトたちが俺たちの噂話《うわさばなし》をしているのを聞かなかったか？」

「別に……？」

「お前のクラスの女子に凡田について尋ねられなかったのか？　大して仲良くない相手に、ろくに話さない相手に『凡田と付き合ってるか』とか聞かれなかったか？」

「そんなの……………………あ」

思い出した。そういえば誰かに聞かれたような気がする。

急に、顔が熱くなった。

「え……？　じゃあ、みんな……あたしが凡田君のこと好きだと思ってるってこと……？」

「それか好きな素振りを見せて、金を巻き上げようとしているか、どちらかだ」

「い、いや、おかしいって!?　別にあたし好きとかお金欲しいとか一言も言ってないし……！　だってあれがデートだって思うわけないじゃん！　あれデートで見に行く映画じゃないでしょ……！」

「俺はお前が断ると思ったからあの映画を選んだんだ……！」

「だったら最初から誘わないでよ……！　あたし、凡田君がカードが欲しいっていうから行ってあげたのに……！」

「最初から二回見るつもりだから気にするなって言っただろう……！」

「何でおんなじ映画二回も見るわけ？　バカじゃないの！」

不意に視線に気付き、二人は黙った。離れた場所から、生徒たちがこちらを怪訝《けげん》そうに見ている。

「……わかった。理由はともかく、俺たちは午前中サボった。これでいいな？」

「……まあ、いいけど」

凡田君は俯《うつむ》き加減に戻り、ようやく『作戦』の説明を始めた。

4

『映像を送ります』

電話の向こうから薫子《かおるこ》が言った。

昼休み、一人だけの生徒会室。薄闇の中、タブレットに映像が浮かんでいる。

映っているのは校内の防犯カメラの映像だった。学校の防犯システムは警備会社と同期されている。データを手に入れるのは組織にとっては容易《たやす》いことだ。

黒姫《くろき》は映像を眺めながら、答えを追っていた。

分かっていたことだが、カメラの映像にあのグラフィティを描いた犯人はいなかった。

裏門のあの塀は防犯カメラはカバーしていない。

それは外観からもわかることだ。防犯カメラの役割の一つは抑止力で、校内のカメラは外からでも見えるように設置されている。外部犯がカメラを避けてグラフィティを残すことは可能だろう。

だが、どうしてこの学校なのだ?

そもそも、これを誰に見せようとしたのか?

それはもしかして、この学校内の誰かなのではないか?

最後の一人は校内の協力者に匿《かくま》われているから見つからないのではないか?

映像を早回しにする。

小清水《こしみず》が現れた。カメラを手に、証拠画像を撮影しに行くのだろう。

直後、一人の生徒が現れた。

凡田純一《ぼんだじゅんいち》。

しばらくして小清水が再び裏門を通り、そして、凡田が後を追うように戻ってくる。

彼があのグラフィティを見ている。その可能性がある。それだけの話だ。

それなのに、ある疑念が頭から離れない。

『午後の競技が始まります。みなさん、午後からも総合優勝目指して頑張りましょう』

スピーカーが鳴り、午後の競技開始時刻が告げられる。廊下を生徒たちが移動していく足音が聞こえる。

それでも黒姫は映像を見続けた。

校内全てのカメラ、そこからの映像を流し込む。本校舎・特別教室棟・体育館・通用口、出入り口を行き交う千人弱の生徒。その中に、凡田の姿を探した。

いなかった。

午前中、ほとんどの時間、凡田はカメラに映っていない。

どこにも、どこにも、どこにも、どこにも。凡田君は防犯カメラの位置を完璧に把握しているかのように姿を消していた。

かちり。何かが完璧に噛《か》み合ったような音がした。

二年前、〈飛鷲《フエイジウ》〉は姿を消した。その数ヶ月《すうかげつ》後、双輪高校《そうりんこうこう》の入学式で私たちは出会った。

〈飛鷲〉はどうして現地の子供たちに自然に近づくことができたのか？　それは〈飛鷲〉もまた、子供だったから。

凡田純一。〈偉大なる飛鷲《グレート・チーフ・フライング・イーグル》〉。永遠の子供。

そんなことがあり得るのか？　わずか十代の少年が、世界中をまたにかけて数々の作戦を成功させ核兵器密売シンジケートを叩《たた》き潰《つぶ》した工作指揮官なんてことが。

あり得る。そう思った。

私がここに存在していたように、お前もまたそこに存在していたんじゃないのか。

だから、私はお前に惹《ひ》かれたんじゃないのか。

『お嬢様？　お嬢様？』

電話の向こうから薫子《かおるこ》が呼びかけてくる。

黒姫《くろき》は何も答えず、通話を切った。

5

『コードA』。

それは万が一のとき、凡田《ぼんだ》自身が学校から逃げるために作った脱出経路だった。

双輪高校《そうりんこうこう》西側、プール脇のスペース。そこは完全な死角の生まれるピックアップポイントだった。

茂みを抜けると、住宅地に面した路地に出る。防犯カメラ、教室・グラウンドからの視線が届かず、また、バンが一時停止ラインで停車すれば、住宅地からの視界も遮られる。

そこまでたどりつければ、真仁《まに》の手を借りて〈チェシャ〉をピックアップさせられる。

誰にも気付かれることなく〈チェシャ〉をセーフハウスへ離脱させることができる。

必要なのは数分の間隙と、運。

体育館への連絡通路から、凡田は階下を見下ろしていた。

千人の流れが、頭の中に流れ込んでくる。去年の球技大会の光景が重なる。今、どこに、誰がいるのか。状況把握率、９割以上。作戦実行可能。

最後の作戦から二年。それ以来の感覚だった。

同時に、それは能力の劣化を自覚させた。負荷を掛けられた脳がちりちりと痛む。過敏になった神経が吐き気をもたらす。それは二年前にはなかった感覚だった。

果たして乗り越えられるだろうか。

あらゆる手段を尽くしながら、それでもなお、必ず現れるであろう未知の障害に対し、あの頃のように対応できるだろうか。

逃げるか、留《とど》まるか。決断のときが来た。

自分が疑われていることは間違いない。だが、どこまで確証がある？　確証がないから一年も監視しつづけているのではないか？　それともただ泳がせているだけなのか？

〈チェシャ〉の件は偶然なのか？　それともそれさえも罠《わな》なのか？

どこまで行っても答えはない。どこかで全てを賭けなくてはならない。

校内のスピーカーが鳴った。

『午後の競技が始まります。みなさん午後からも……』

やるしかない。

凡田《ぼんだ》は影のように体育館へと入っていった。

まだ競技が始まる前だった。コートの中、女子生徒が一人、ボールで戯れていた。

芹沢明希星《せりざわあきほ》が緊張しきった様子でこちらを見た。

◆

実行のタイミングは昼休みが終わった直後。

もう試合のない生徒たちも、午後の競技開始時は教員の指示で応援に駆り出されている。このときは本校舎周辺から人気《ひとけ》が消える。

体育館には徐々に各クラスの生徒たちが競技や応援のために集まってきていた。

明希星は何気ないフリをして体育館のフロアに入っていった。

転がっているバレーボールを何気ないフリをして手に取ると、バスケットのゴールにシュートしてみる。リングに跳ね返ったボールを拾うとドリブルしてレイアップ。

ちょっと気が乗って遊んでいるフリ。

ちらり、コートの外を見る。

打ち合わせ通り、クラスの応援のためにやってきた凡田君がいた。凡田君はこちらに視線を合わせることなく、もじもじと手を動かした。

作戦決行のハンドサイン。

明希星は覚悟を決め、作戦を開始した。

「凡田くーん、パス！」

明希星は凡田君に今、気付いたフリをして声をあげた。凡田君が顔を上げた瞬間、明希星の手からボールが放たれる。そのパスはゆっくり、山なりの軌道を描き……。

「え……？」

凡田君の顔面に直撃した。明希星は慌てて凡田君に駆け寄る、フリをした。

「ぼ、凡田君！ ごめん！ 見てたと思ってたから……！」

「大丈夫……！ 大丈夫です……！」

顔を押さえ、懸命に答える凡田君。その手の隙間から、どろり血が流れだす。明希星は驚く、これはフリじゃない。本物の血の臭いだ。

「ちょっ……！ だ、大丈夫じゃないでしょ！ 血が出てるんだから！」

「いえ、じっとしてれば治まりますから」

「駄目だって！ 保健室行こ……！」

周囲のわずかなざわめきを背に、明希星は凡田君の肩を抱き、本校舎へと向かった。

「失礼しまーす……」

明希星《あきほ》は保健室に入り、様子を窺《うかが》った。窓からは校庭の様子が見えた。

「誰もいない。養護教諭はグラウンドのテントにいる。午前中、怪我人《けがにん》・体調不良の生徒も出てない」

凡田《ぼんだ》君は囁《ささや》き、断言して保健室へと入っていく。凡田君は洗面台に向かい、顔を洗いはじめた。

「……それ、本当の血なの？」

「キーゼルバッハを傷つけただけだ。すぐに治まる」

凡田君は外から見えないように消毒薬のボトルを手にすると、目薬でも差すように鼻腔《びこう》に流し込み、口から吐き出した。赤く染まったオキシドールが洗面台に流れる。

うわ。痛くないの？　ないんだろうな。

唖然《あぜん》としていると、ティッシュの束で顔を拭きながら鋭い視線を向けてきた。

演技を続行しろ、だ。

「えっと、ちょっと休んでなよ。ね」

明希星は凡田君をベッドに座らせ、カーテンを引いた。これで完全に視界は遮られる。

カーテンの向こうから凡田君は言った。

「手順を繰り返せ」

「今から、ゴミを捨ててくる。ドアは開けっ放しにする。普通に、絶対に慌てない。それから戻ってくる。凡田君が帰ってくるまで、ここで時間潰してる……」

明希星が復唱し、次の段階へと入る。

「じゃあ、あたしゴミ捨ててくるね」

「芹沢《せりざわ》さん」

その場を離れようとする明希星を、凡田君が呼び止めた。

「この作戦は、内部に監視者がいないことを前提にしている。だが、もし、小清水《こしみず》以外の人間が俺の居場所を探るようなことがあれば……」

そこで凡田君は言葉を切った。どこか躊躇《ためら》っているようにも聞こえた。

「それは敵だ。欺瞞行為で撒《ま》けないとわかったら、俺たちの関係が割れていると考えていい。そのときは作戦は中止だ。すぐにピックアップポイントへ行け」

「……わかった」

凡田君の血を拭いたティッシュを袋に纏《まと》めると、明希星は保健室の出口へと向かった。

左右を確認、誰も見ていない。作戦続行。

明希星はドアを閉めきらないまま廊下に出た。

背中を風が通り抜ける。思わず振り返るが、もう誰もおらず、保健室から凡田君の気配は消え去っていた。


普通にする。

決して走らない。急がない。きょろきょろしない。

いつも通り。いつも通り。いつも通り。

明希星《あきほ》は廊下を歩きながら頭の中で繰り返しているうちに、普通の意味が分からなくなってきた。

いつもやっているはずのいつもが、まったくわからない。意識すればするほど、それが出来なくなるような気がする。

本校舎に生徒たちの気配はない。

三階、特別教室棟への通路に差し掛かる。周囲を確認する。

前方、誰もいない。後方、誰もいない。連絡通路、誰もいない。

瞬間、明希星は身を屈《かが》め、特別教室棟へと駆けた。窓に映らないよう、体勢を低く。足音は全く立たせず。二秒で特別教室棟へ入ると、曲がり角に張り付く。こちらも同様に誰もいない。明希星は暗い階段を駆け上がる。

四階。壁に張り付くように移動し、視聴覚室に入った。

部屋の隅、ゴミ袋が置いてあった。紙くずの入ったビニール袋に近づき、声を掛けた。

「……大丈夫?」

「問題ない」

中から声が返ってくる。

観測手の少女はゴミから完璧な偽装服《ギリースーツ》を作り上げていた。袋の中で完全にゴミと同化している。

「ちょっと苦しいかもしれないけど」

「おしゃべりは指示にない。しっかりして」

ゴミの叱責を受け、明希星は持って来たゴミ袋を少女の上に押し込んだ。ギリースーツに仕込んであった補強用のビニール紐《ひも》ごと袋を縛る。結び目ごと紐を掴《つか》んで持ち上げると見た目に反して、ずっしりとした感触。

これを軽そうに見せないといけない。明希星は体幹に力を込め、体を真《ま》っ直《す》ぐにした。

手早く連絡通路を戻り、本校舎に入って一階へ。まずは第一関門突破。

手順を頭の中で繰り返す。

ここから校舎の西側へと向かう。ゴミ捨て場にこの袋を置き、先行している凡田《ぼんだ》君に渡す。それから自分は保健室へと戻る。誰かに見られた場合は……。

「芹沢《せりざわ》！」

「！」

思わず、体が震える。

振り返ると誰かいた。誰だっけ⁉　ええと、世界史！　世界史の先生がいた！

「……な、何すか？」

「応援もしないでどこ行くんだ？」

落ち着け……！　言い訳を思い出せ……！

「えっと……！　凡田《ぼんだ》君が怪我《けが》しちゃって、それで鼻血出しちゃって、ゴミが一杯出ちゃったからゴミ捨て場に持っていくところっす……！」

「…………」

あれ!?　何か上手《うま》く言葉が出てこない！

先生の怪訝《けげん》そうな目がゴミ袋に注がれる。今、袋の中身を見られたらおしまいだ。そうしたら……。

返事がないまま、数秒が経《た》った。永遠のように思える間。やがて、世界史の先生は背を向けた。

「終わったらすぐ応援に行けよ、ふらふらしてんじゃないぞ」

「はーい……！」

あっぶない……！

こんなに緊張するの、生まれて初めてかもしれない。

動悸《どうき》が収まらないまま通用口に向かう。

そこにカメラがあると聞かされていた。絶対に意識するなともいわれたがそんなの無理だ。

体育館履きのまま、外へ出た。プールへの渡り廊下を通り、ゴミ捨て場へ。小さな屋根のついたスペース。凡田君の指示通り、隅に袋を置いた。

フェンスを叩《たた》いて合図を送る。裏手に潜んでいた凡田君の手が足元の隙間から伸び、ゴミ袋を引き出していった。

周囲の様子を窺《うかが》う。大丈夫、誰にも見られてない。

これで作戦の半分は終わった。凡田君がここからあの女の子を連れ出し、ピックアップポイントへと連れて行く。私は保健室に戻り、凡田君が戻ってくるのを待つだけだ。

明希星《あきほ》は保健室へと戻り、ドアを開けた。

ベッドの白いカーテンが開いていた。

空のベッドの前、長い黒髪の少女が立っていた。

6

橘《たちばな》黒姫《くろき》はこちらを見つめていた。

人形みたいなキレイさ。それはジャージ姿でも変わらなかった。

体の芯が冷たくなったような気がした。昼間の世界から、夜の冷たさが押し寄せてくるみたいだった。

「凡田君は？」

言葉に詰まりかけ、はっとなる。

そうだ、もし誰かに見られたときのパターン……！　凡田君に指示された言葉を思い出し、無理矢理《むりやり》、口を開いた。

「あれ？　いないの？　さっき、ここに寝せたんだけどな。どこ行っちゃったんだろ……」

とぼけながら、ベッドを覗《のぞ》き込んだ。

上手《うま》く出来たと思った。

ちょっと目を離した隙に、凡田《ぼんだ》君がトイレかどっかに行ってしまったという筋書きに頭を切り換える。

「凡田君と一緒だったんじゃないの？」

「だから、ここに連れてきたんだけど、ちょっとゴミ捨てに行ってたからわかんないんだって」

「そう。一緒だったのね？」

だった。橘《たちばな》さんはそこを強調した。

「今はどこにいるの？」

「何？　凡田君に用なの？」

まずい。もうすぐ凡田君はピックアップに向かうはずだ。

「どうだろ？　たぶん、応援に戻ったんじゃないかな？」

「もうすぐ何かあるの？」

人形のような視線が、明希星《あきほ》の肌に張り付いていた。

何だこの感じ。

心臓を掴《つか》まれるような感覚。心の表面にべったり覆い被《かぶ》さってくる不快感。

凡田《ぼんだ》君の言葉が頭に浮かんだ。

『俺たちは監視されている。もし、居場所を探るような奴《やつ》がいたら……』

橘《たちばな》さんが監視者？

信じられなかった。生徒会の優等生が組織の人間？

そんなわけがない。

「そうだ。もう試合はじまってる。あたしも応援行かないと」

動揺を押し殺すように、明希星《あきほ》は笑って見せた。格闘技の訓練を思い出した。苦しいときは笑いなさい、そう先生が言っていた。

逃げるように保健室を出て、明希星は体育館へ向かって歩き出した。

背中に刺さる視線。それを感じながら、感じないふりをして歩き続ける。追いかけてくるだろうか。それならそれでいい。とにかくあそこに近づけてはならない。

我慢できなくなり、ちらり明希星は振り返った。

橘黒姫《くろき》の背中が見えた。彼女はこちらとは反対側、西側に向かって歩き出していた。

嫌な予感が体中に満ちる。

どうしていいかわからず、明希星は立ち止まった。

そっちに行くな。わけもわからず、心の中で念じる。それが逆効果のように、黒姫は通用口の方へ歩いて行く。

「橘さん！」

思わず呼び止めていた。だが、彼女の歩みは止まらない。

「ちょっと待って！」

明希星は駆け寄り、橘さんに並びながら言った。

「あたし、番号知ってるから連絡してみるよ」

スマホを取り出し、連絡するフリをする。

橘さんが立ち止まった。よし、上手《うま》くいった。これで数秒は稼げる。あとはどうする？

『一緒に探そうか？』。これだ、これなら不自然じゃない。あとは……。

「何、隠してるの？」

明希星の体が震えた。

橘さんの目がこちらを覗《のぞ》き込んでいた。黒い瞳。真っ暗な闇がどこまでも続いていた。

怖い。そう思った。

先生の怖さとは全く違う。言葉の一つ一つが明希星の触れられたくない部分に突き刺さる。あのときの『凡田君』に似ていた。

でも、それよりもっと怖い。心を抉《えぐ》り出《だ》すような言葉。

「……何、さっきから？　せっかく手伝うって言ってるのに」

怖がるな。怒れ。怒れ。怒れ。怒りで恐怖を打ち消せ。何を考えてるのか悟らせるな。

再び、橘さんが歩きだした。

橘さんは体育館用シューズのまま、通用口から外へと下りた。そのまま渡り廊下を真《ま》っ直《す》ぐ、プール脇、ピックアップポイントへ向かっていく。

……そんなわけない。人間の心の中が見えるわけがない。

「話、まだ終わってないんだけど！」

止めなきゃ。明希星《あきほ》は怒鳴った。橘《たちばな》さんはこちらを見ることもなく、歩き続ける。

「馬鹿にしてんの？　あーあ、もうやだ。本当にこういう人っているんだ」

そっちは駄目だ。何で言うこと聞かないんだよ。

「生徒会役員だか知らないけどさ、偉そうにするのやめてくれる？」

何でもいい。悪口を言え。こっちに注意を向けさせろ。

それでも橘さんは止まらなかった。渡り廊下を進み、そのままプール脇へ。橘さんはどんどん、近づいてはいけない場所に近づいていく。

キレイな横顔。明希星は為《な》す術《すべ》なくそれをただ呆然《ぼうぜん》と眺めていた。

私は彼女の心を引きずり出そうとするのに、かえってこちらの感情が引きずり出されていく。どうして、私の言葉はこんなに弱いんだ。橘さんの言葉はあんなのに怖いのに、私の言葉は止めることができないのか。

『そいつは敵だ』

明希星の体から力が抜けた。

これから何が起こるのかがわかった。彼女がそこで何を見るのかも。

そして、私が失敗したことを知る。正体を見破られ、組織を裏切ったことが知られる。

彼女の白い首が目に入る。拳に力が入る。

殺す。今なら殺せる。殺さなくては。

でも、それで終わりだ。それが私の終わりだ。

私は何も知らないまま、終わる。何のために生まれて、何のために訓練を受けて、何のためにここにいるのか。

嫌だ。今はまだ駄目だ。いつか終わりが来るのはわかってる。でも、それが今になるのだけは嫌なんだ。

「ねえ！　待ってったら！」

明希星は橘黒姫《くろき》の腕を掴《つか》んだ。

あと数秒でいい。時間を稼げ。もっと言葉に力を込めろ。もっと強い言葉を吐け。役になりきれ。全力で誤魔化《ごまか》せ。こいつを怒らせろ。こいつを振り向かせるんだ。

明希星は腹筋に力を入れ、考えうる限りの罵声を浴びせた。

「さっきから凡田《ぼんだ》君、凡田君って！　もしかして橘さん、凡田君のこと好きなんじゃないの!?」

艶《つや》やかな黒髪が舞った。

彼女が振り返ったとき、その頬《ほお》が、淡く、紅《あか》く染まっていた。

彼女の瞳孔が、驚いたように、広がった。

え……？　嘘《うそ》……？

彼女の表情、それは一瞬にして消えてしまったが、明希星《あきほ》の眼《め》は確かにそれを捉えていた。

芹沢《せりざわ》明希星もまた、怪物だった。

戦闘技能によって裏打ちされた卓越した視力が、橘黒姫《たちばなくろき》の変化を捉えていた。

そのとき、明希星は真実に辿《たど》り着《つ》いた。

勘違い。思い込み。論理跳躍。最終的には、直感としか言いようのない方法で。迷宮の中のような諜報《ちようほう》世界を潜《くぐ》りぬけ、そこに行き着いた。

橘さんは、凡田《ぼんだ》君のことが、好きなだけなんだ。

唖然《あぜん》とした間のあと、一気に頭に血が上るのを感じた。

あの馬鹿！　あの馬鹿！　あの馬鹿！

馬鹿馬鹿馬鹿馬鹿馬鹿馬鹿馬鹿馬鹿馬鹿馬鹿馬鹿馬鹿！

何が、気をつけろだ！　何が、敵だ！

橘さんはあんたのことが好きなだけじゃない！

記憶が噴火のように蘇《よみがえ》ってきた。生徒会室、だからあのときも私たちが付き合ってるか聞いてきたんだ！　球技大会、だから今も凡田君の居場所を気にしていたんだ。

あたしと一緒にいると思ったから。二人きりでいると思ったから。私と……いやらしいことしていると思ったから。

それなのにもう！

もう、思考が思考にならない。明希星の感情が爆発した。

7

一瞬、世界が真っ白になった。

自分がどこにいるのかわからず、喋《しゃべ》っている相手が誰なのか、いや、自分が誰かさえわからなくなった。

そして、我に返った。

芹沢明希星がこちらを見つめていた。驚いたように、目を見開いて。

私は何をしていた。あれから何秒経《た》ったのだ。

何を動揺しているんだ。あんなのただの小学生レベルの悪口じゃないか。

今からでも間に合う。偽装を取り戻せ。自分を取り戻せ。完璧な橘黒姫に戻れ。

……何言ってるの？　馬鹿みたい。

そう、平然と言え。言った本人が間違いだと認めるような、自信に満ちあふれた言葉で。

芹沢《せりざわ》明希星《あきほ》を嘲笑《あざわら》え。蔑《さげす》め。辱めろ。お前は見当違いの世界に生きている。どうして私が、橘《たちばな》黒姫《くろき》があんな目立たない、普通の少年を好きになるというのか。

だが、全てが遅かったのだ。

「え……嘘《うそ》……？」

ぽつり、芹沢明希星がつぶやいた。

彼女は確信していた。私の心を見抜いてしまった。

目を覗《のぞ》き込めばわかった。

私は何を黙っているんだ。早く否定しろ。橘黒姫は凡田純一《ぼんだじゅんいち》なんて意識したこともないのだ。

それなのに声が出ない。体が熱い。今、私の体はどうなっている？　完璧に意思のもと、コントロールされているのではないのか。声帯が震えているのがわかる。声が声にならないのがわかる。

それでも否定しろ。声を出せ。

黒姫は口を開いた。

「何を……」

「だから、違うんだって！」

明希星の大声に、びくっと肩が震えた。今までこんなことはなかった。身体《からだ》が言うことを聞かない。自律神経が高ぶり、心臓が高鳴り、身体が震える。

「あたしと凡田君はそんなんじゃないんだって！　ただの友達なんだって！」

芹沢明希星は烈火の如《ごと》く、怒りだした。

「ああ！　前にも言ったよね！　付き合ってないって！」

あの瞬間が脳裏に蘇《よみがえ》る。決して忘れてくれない脳が、あのときを蘇らせる。

あなたは憶《おぼ》えてたのか。私が忘れてほしいと願ったあのときを。

「それなのに何で勝手に勘違いして勝手に嫉妬してるの!?」

嫉妬なんて！　嫉妬なんて……！　嫉妬なんて……。

していた。

ずっとずっと、あなたが現れてから。簡単に彼に近づいたあなたに。みんなの前で、堂々と仲良くなったあなたに。

「あたし『お昼一緒に食べたい』って言っただけなのに！　何で好きとか嫌いとかそういう話になるの！　そっちのほうがおかしいんだって！」

私がおかしい？

そんなわけがない。だって、どう考えたって気があったじゃないか。普通の高校生はあんな真似《まね》はしないんだ。

「別にいいじゃん！　お昼一緒に食べたって！　映画見に行ったって！　友達なんだから！　凡田君はねえ！　おまけのカードが欲しかったんだよ！」

映画……。そうかあのとき、映画を見に行ったのか。ああ、違う。これは知っていてはいけない情報だった。知らないふりをしなくては……。

立て直さなくては。しっかりしろ。こんなのは橘黒姫《たちばなくろき》ではない。

「理由なんていらなくない!? 話したかったら話せばいいでしょ！ 会いたかったら会いにいけばいいでしょ！」

違う！ 違う！ 違う！

私は橘黒姫だ。私は《御伽衆《おとぎしゅう》》の長《おさ》だ。皆が望む姿でいるために、皆が求める理由が必要なんだ。

いつもの自分に戻れ。

偽装で自分を包め。

完璧な自分を演じろ。

私は間違ってない。私は間違ってない！

私は完璧な人間だ。私は橘黒姫だ。

お前は何か隠している。〈飛鷲《フェイジウ》〉に繋《つな》がる何かを。

「ちょっ……！」

黒姫は手を振り払い、プール脇のスペースへ走り込んだ。

間違いない。お前の見られたくないものがそこにある。お前が隠していたそこに、何かがあるはずだ。

角を曲がり、スペースへと出た。

なにもなかった。お菓子の袋や箱、漫画本が散らばっているだけだ。たとえるなら、二人でここでサボっていたような痕跡があるだけだった。

振り返ったとき、明希星《あきほ》は怒っていなかった。驚くような、怯《おび》えるような表情でこちらを見ていた。

「ごめん、その大声だして、ちょっと……慌てちゃっただけで……。いや、そういうつもりじゃなくて……」

彼女は意味不明な言い訳をしていた。

何を言っているんだ？

明希星の感情が読み取れない。

視力が落ちたのか？　どうして？　薬物か？　いつそんなものを盛られたんだ？

水滴が手の甲に落ちてきた。

雨の滴？　違う。

涙。

私は泣いているのか？　私が望んでいないのに？　どうして体は私を裏切るのだ。

まだ間に合う。

私は橘黒姫だ。こんな小娘に負けるわけがない。

もう一度、世界を組み立て直せ。全てを俯瞰《ふかん》で捉えろ。

世界を捉えているカメラが引いていき、黒姫に完璧な客観性を与えた。

芹沢明希星《せりざわあきほ》。二年E組。凡田《ぼんだ》君の友達。

そして、その傍らに一人の子供を見つけた。

好きな人に想《おも》いを告げられないまま、勝手に思い悩み、彼と親しくなった女の子に嫉妬して、怒って、怒られて、全てを見破られて、惨めに泣いている、一人の子供を。

気が付くと黒姫《くろき》は駆けだしていた。

もう、何も言えないまま、泣きじゃくりながら。

8

凡田はゴミ袋を抱え、植栽の陰を進んでいた。

袋の中から〈チェシャ〉の声が聞こえてきた。

「フェイ、一人で行けます」

「馬鹿なことをいうな」

あの怪我《けが》ではまとも動けるわけがない。真仁《まに》は〈チェシャ〉の顔を知らない。それにここまで来た以上、自分がやり遂げなくてはならない。

茂みを通り抜け、ピックアップポイントに辿《たど》り着《つ》いた。

西側の生け垣、そこにわずかな隙間が空いていて路地が始まっていた。

携帯が震えた。

タイミングを合わせる、真仁からの合図。

数メートル先に、ワゴン車が一時停止する。

瞬間、様々な光景が重なった。

サーチライトに彩られた廃墟《はいきょ》。銃弾が飛び交う戦場。高層ビルの屋上から始まる断崖。

壁にはロープはなく、目の前で扉が閉ざされ、ヘリは上空へと飛び立っていく。

凡田は逡巡《しゅんじゅん》を捨て、一気に飛び出した。
五、四、三、二、一。
車体に鼻先を強打する直前、スライドドアが開く。

中から手が伸び、袋を引き上げた。代わりに新しいゴミ袋を押しつけてくる。

「うーっす、デブりん。こんなもん欲しがるなんて物好きだねー」

後部座席でにやにやと真仁が笑いかけてきた。運転席に視線をやる。白髪交じりの男の横顔が見えた。

「頼んだ」

「そっちこそ、金、忘れずにね」

男は何も答えず、代わりに真仁がそうこたえてドアを閉める。

凡田は敷地内へと戻った。わずか数秒。振り返ったときにはワゴン車は走り去ったあとだった。

凡田《ぼんだ》はプール脇のスペースに戻り、偽装を開始した。

真仁《まに》から購入した数万円のゴミをセッティングし、漫画本を積み重ねる。サボって漫画を読んでいる偽装。万が一、凡田が抜け出したことが発覚したときの予防線として。

異音に気付いたのはそのときだった。凡田は漫画本を手にしたまま、ゆっくり身を屈《かが》めた。

明希星《あきほ》の怒声が聞こえてくる。誰に向けてのものだ？　耳を澄ませたが、内容までは聞こえなかった。

やがて、プール脇のスペースに誰かが入ってきた。

長い黒髪、怜悧《れいり》な美貌。

橘《たちばな》黒姫《くろき》？

文武両道の生徒会役員。橘家の令嬢。それがどうしてここに？

後を追うように明希星が入ってくる。彼女は怒っていなかった。なだめるように黒姫に声を掛ける。

突然、黒姫は身を翻し、スペースから走り去っていった。明希星が一人、取り残された。

「芹沢《せりざわ》さん？」

明希星は顔を真っ赤に染めていた。目に涙を浮かべ、こちらを睨《にら》みつけてくる。凡田は近づき、小声で尋ねた。

「どうした？　何があった？」

明希星はそれにこたえず、聞き返してきた。

「……あの子は？」

「すでにピックアップした。それより橘黒姫はどうしてここに来た？」

「凡田君を探しに」

ぽつり、明希星が言った。

その言葉に衝撃が走る。何故《なぜ》、あの女が。まさか……。

「奴《やつ》はどこに行った……!?」

「……知らない」

凡田は唖然《あぜん》となる。

「知らない？　しっかりしろ。奴は敵かもしれないんだぞ。どうして後を追わな……」

目の前で火花が散った。

明希星の平手打ちに凡田は意識が飛びそうになる。その場に跪《ひざまず》くのがやっとだった。

「あのねえ！　橘さんは凡田君のことが好きなんだよ！」

「………何？」

明希星の言っている意味が全くわからなかった。

「あたしが絡まれたの！　あたしが凡田君と付き合ってるって思われて！　それですっごい怖かったんだから！　もう少しであたしあの人のことを……！」

明希星の声が震えていた。

「そんなわけがあるか……！　俺と奴《やつ》の間に接点なんか……」

「うるさい！　知りたかったら自分で探してきなさいよ！」

芹沢明希星《せりざわあきほ》は再び、情緒不安定になっている。

どうする？　凡田《ぼんだ》は迷った挙げ句、橘黒姫《たちばなくろき》を追って、本校舎へと駆けだしていった。

9

奴はどこにいる。

凡田は校舎を走った。

芹沢明希星の言葉は意味不明だった。

橘黒姫が凡田純一《じゅんいち》に惚《ほ》れている？

馬鹿を言うな。理由がない。学内で最上位の存在が、凡田純一のような底辺を好きになる合理的な説明が存在しない。やはり明希星は課報員《ちょうほういん》としては二流以下だ。

大体、どこに接触の機会があった？

完全に否定するために、記憶を探る。それは数えるほどもない。指も五本は使わない。

こちらから見る機会はいくらでもあった。だが、奴がこちらを意識したことなど……。

そこではっとなった。

あった。一度だけ。俺が橘黒姫に触れた瞬間が。

◆

彼女はひとりぼっちだった。

つまらない世界。

何もかもが思い通りの世界。

皆、人形のように見える。単純な形。単純な反応。

人形たちの望む姿を演じるよう、彼女は教えられてきた。人形たちの願望を叶《かな》えるよう、教えられてきた。

そうやって、彼女は人形たちを操る術《すべ》を体得した。

彼女は自らを完璧な人形とすることで、完璧な人形遣いとなった。

つまらなかった。

高校に入学したら、少しは変わるのかと思った。外に出れば、想像もつかないことが起こるのかと思っていた。

すぐに、そんなものはなかったと知った。

無数の人形たちは皆、今までの人形たちと同じだった。

やることは一つだった。これらを操ること。

完璧な生徒として振る舞い、彼らの望む世界を補完してやり、ここを支配すること。

四月のある日だった。

廊下でたむろしていた上級生が足を出してきた。こいつは見せたかったのだ。自分が橘《たちばな》家に怯《ひる》む人間ではないということを。そして、知らなかったのだ。周囲はそうは見てくれないということを。わかっているのか。お前の属するグループのパワーバランスを。お前以外は、橘の人間に手を出すことがどういうことか知っている。幸運なことに、お前がそんなことをする馬鹿ではないと信じてくれているんだぞ。それを放り出していいのか？

まあいい。今日のところは転んでやろう。それでお前の心を満足させてやろう。その代わり、少しの同情心をもらう。今、これを見ている人間たちから。

彼女は足に躓《つまず》き、転んだ。

はじめ、周囲は関心を示さない。わずかにこちらを見たものが、転んでいるのが橘の人間だと知って凍り付く。それから数人が手を貸すために動き出す。

誰の手を借りようか。

目の前に、男子の制服が通りかかる。

ほら、見てたでしょう。今回はあなたに手を貸すことを許しましょう。

その男子生徒は手を貸してくれなかった。

少し屈《かが》み込んで、こちらを見ていた。ぼさぼさの髪の下の黒縁の眼鏡《めがね》、黒縁の眼鏡の下のさえない両目。それはこう言ってるように見えた。

ほら、自分で立てるでしょ？

「だ、大丈夫ですか……？」

男子生徒が手を差し伸べてきた。おずおずと、怯《おび》えるように。黒姫《くろき》はその手に触れ、助け起こされる。周囲の生徒たちの嫉妬と羨望を避けるように、その少年はその場を立ち去った。

そのときにはもう、彼は偽りの姿に戻っていた。

そのときから、ずっと頭を離れなかった。

どうして私が子供のように見えたのか。どうして必死にそれを隠そうとするのか。

もしかしたら、あなたは私と同じじゃないのか？

でも、それに気付いてはいけない。

もし、私が気付いたと知ってしまったら、あなたはきっと私の前から消えてしまうだろう。

二度とあの姿を見せてくれはしないだろう。

だから、私は見てるだけでいい。

あなたの気付かないところで、あなたの嘘《うそ》を見続けるだけでいい。

そして。

もう一度だけでいい。一瞬でいい。

あなたの本当の姿を見せて。

この世界に、私はひとりぼっちじゃないと確信させて。

◆

私の世界は壊れてしまった。

もう、何もかもがわからない。

自分が誰なのか。ここがどこなのか。

足がもたつく。体育館用のシューズ、靴紐《くつひも》がほどけていた。結び直そうとして、手が止まる。結び方がわからない。知ってはいる。でも本当にそれは正しい結び方なのか。自信がない。

私は、ずっと間違っていたんじゃないのか？

秘密諜報機関《ちょうほう》《御伽衆《おとぎしゅう》》、それを統べる〈翁《おきな》〉。

全部、存在しない。本当は私はただの妄執症で、全て私の妄想だったんじゃないのか。薫子《かおるこ》は私を道化だと思っていた偽装はもう、皆に見破られていたんじゃないのか。

だと思って、陰で、ずっと嗤《わら》っていたんじゃないのか。

足から力が抜け、黒姫《くろき》は倒れ込んだ。

ここはどこなんだろう。知っているような気がする。でも自信がない。確信がない。

黒姫は動くことができず、その場にうずくまり、泣きじゃくった。

「大丈夫、ですか……？」

黒姫は顔を上げた。

そこに彼がいた。彼が、手を差し伸べていた。

◆

あり得ない。

あのときか？　あのときなのか？

かつて経験したことのない悪寒。凡田《ぼんだ》の胃の中に大量の氷の汗が吹き出る。

あいつは一瞬で見抜いたのか。俺のあの逡巡《しゅんじゅん》を。ほんのわずか、奴《やつ》がただの子供に見えたあの瞬間を。

だとしたら、奴は怪物だ。

存在してはならない存在だ。同じ空間にいること自体が生命の危機に直結する。

その嫌な予感を払拭するために、凡田《ぼんだ》は階段を駆け上がった。

あの廊下。橘黒姫《たちばなくろき》に触れた、あの場所に向かって。そこに橘黒姫がいないことを願いながら。

フロアへ上がり、視界を巡らせた。

橘黒姫がいた。

子供のように泣きじゃくりながら、黒髪の怪物はこちらを見た。

来てはいけなかった。本能が告げる。奴《やつ》は憶《おぼ》えている。奴は知っている。俺の深奥を。

殺さなくては。今すぐここで。

よろよろと、凡田は黒姫に近づいた。

「大丈夫、ですか……？」

床にいる彼女の白い首。それに手を伸ばして……

「……………凡田君！」

橘黒姫は凡田純一《じゅんいち》に抱きついた。全く、動けなかった。彼女は凡田の胸に顔を埋《うず》め、泣きじゃくった。

『橘さんは凡田君のことが好きなんだよ！』

あり得ない。わからない。

凡田は黒姫に抱きつかれたまま、その場で凍り付いた。

終章

「くくく、あはは」

監視者〈戌《イノコ》〉はアパートで夕食の用意をしながら、今日の監視の光景を思い返して必死に笑いを堪《こら》えていた。

予想に反し、凡田《ぼんだ》君がやってくれたのだ。敷地外からの監視では断片的な場面しか捉えることができなかったが、おおよその状況はわかった。

凡田君は球技大会を抜け出して、あの背の高い子と二人きりになっていたようである。午後からも怪我《けが》したのをいいことに二人でサボっていたのだが、生徒会のおせっかいな黒髪の子に見つかり、ちょっとした騒ぎに。

凡田君、大胆になったらなったで全くツイてないのである。

ああ……組織の面倒な指示さえなければ、もっと近づいて拝見できたのに……。

「ただいま」

〈申《マシラ》〉が帰ってきた。今日はずいぶんと早い。

「おかえりー」

例の『転勤』の件をたずねようとして〈申〉を見ると、彼がネクタイを緩めながら、狐につままれたような表情を浮かべているのに気付いた。

「……どうしたの？」

「……新しい任務だと」

怪訝《けげん》そうな〈申〉から差し出された紙片を受け取り、〈戌〉は同じように怪訝な表情を浮かべた。そこには暗号でこう書かれていた。

『監視任務は次の段階へ進む。再編成の指示まで待機』

◆

橘《たちばな》邸、地下室。

「えへー、えへへへへー」

黒姫《くろき》はワルツのステップを踏みながら、スチールデスクの周りをくるくると回っていた。

「ねえ、聞いて薫子《かおるこ》。昨日は凡田君に『おはよう』って普通に挨拶しちゃった！　そしたら凡田君も『おはようございます』って、目線を合わせてくれたの！」

「もう隠す気もありませんか」

薫子は渋面でこたえた。

ここ数日、黒姫は明確におかしくなっていた。全体的に躁《そう》。屋敷ではいつもの完璧超人の佇《たたず》まいなのだが、突如、何かを思い出したかのように笑みを堪え、地下室へ籠もってはくるくる回るのである。

そして、特別監視班の再編成の指示。

あの日、何があった？

黒姫《くろき》は詳細を語ろうとしないが、壁にあった行程表にはフェーズ1が塗りつぶされ、フェーズ2の文字はハートマークで囲まれている。それが意味するところは『黒姫が凡田《ぼんだ》君と知り合いになった』ということである。

呆《あき》れる薫子《かおるこ》の前で、黒姫は両手を組み合わせて視線を漂わせた。

「ああ、これが恋なのね……。あの日、私ははじめて恋を知ったの……」

「じゃあ、これまでの億単位の支出は一体」

「ああ、薫子。あの哀れな小娘のことを言っているのね。今思えば、あれは恋に恋するだけの滑稽な娘だったのね」

「滑稽度は球技大会以降、急上昇しておりますが。それより、大変申し上げにくいのですが、逃亡中の最後の一人がまだ見つかっておらず……」

「わかったー、ゆっくり探してー」

「は？」

薫子は眉間《みけん》に皺《しわ》を寄せた。

「あの、叱責を受けている立場で申し上げづらいのですが、もうちょっと真剣に……」

「心配するな」

黒姫のステップが止まり、彼女の声音が青年のものとなった。

「欲しいのは〈飛鷲《フェイジウ》〉だろう？　生きてるのなら必ず捕まえてやる。死んでいるのなら墓を暴いてやる。何なら生き返らせてやってもいいぞ」

「はあ……」

再びくるくる回り始める黒姫に、薫子はリッターのため息でこたえた。

◆

〈飛鷲〉と呼ばれる工作指揮官がいた。

世界中で作戦を指揮し、『終末時計を一分押し戻した』と評された男。

そして今、彼は新たな作戦に踏み出そうとしていた。

「芹沢明希星《せりざわあきほ》、これから君は俺の指揮下に入る。二重スパイとしてだ」

薄暗い部屋。モニタの光が眼鏡《めがね》に反射し、表情は窺《うかが》えない。

「これから困難な道が待ち受けているだろう。お前の組織の目を欺きながら、いつも通りの生活を過ごさなくてはならない。危険な任務だ。わずかな隙が命に関わることになる。それを忘れるな」

芹沢明希星は険しい視線を凡田に向け、尋ねた。

「……で、これ何？」

週末、凡田純一《じゅんいち》の部屋。

テレビの中ではCGの少女たちが歌ったり踊ったりしている。明希星《あきほ》と凡田《ぼんだ》君は床に座り、お互いに死んだ目でそれを眺めていた。

「偽装工作だ。作戦の説明をするために、君がうちに来る自然な口実が欲しかった」

「……は？」

「一度で憶《おぼ》えろ。芹沢《せりざわ》明希星は先週、『プリフェス』劇場版を見てこの作品に興味を持った。テレビシリーズを全話押さえたくなった芹沢明希星は凡田純一《じゅんいち》の部屋でそれが視聴可能であることを知り、押しかけてきた。いいな？」

「いいわけないでしょ……！」

アニメの大音量に声を紛れさせ、明希星は言い返してきた。

「せっかくの休みに呼び出してきたと思ったら……！　何であたしがそんなアニメオタクみたいなことしないといけないわけ!?」

「仕方ないだろう。他に理由が思いつかなかった」

「大体、凡田君に合わせなきゃなんないのおかしくない……!?　凡田君はアニメ好きだからいいだろうけど……！」

「俺だって別に好きじゃない……」

「ぜっったい嘘《うそ》だわ。こないだあんなに楽しそうだったのに……！」

二人が小声で言い争っていると、

「お兄《にい》ちゃん！」

突然、隣室から飛び出してきた赤毛の少女が凡田に抱きついた。

「もう！　お休みだからっていつまでもアニメばっかり見て。今日は伽羅《きやら》といーっぱい遊んでくれる約束でしょ？」

「………………」

凡田は半眼になって赤毛の少女に尋ねた。

「……〈チェシャ〉、何をしている？」

「イエス、〈飛鷺《フェイジウ》〉。〈チェシャ〉はお兄ちゃんのところへ家出してきた義妹『白峰《しらみね》伽羅』としての偽装を遂行中です、オーバー」

〈チェシャ〉は凡田に抱きついたまま真顔で返してきた。

「お前は妹を何だと思ってるんだ」

「妹とはお兄ちゃんの近親としての性質を持ちながら同時に母性を補い恋愛相手としての機能を兼ね備えた完全無欠の存在です」

「それは妹じゃない」

「ニェット、お兄ちゃんの本棚にある資料にはそうありました」

〈チェシャ〉はシャツの中から、凡田が偽装用に購入した文庫本を取り出した。

「あれはラノベといって信頼度の低い情報源だから無視して構わない」

「パードン？　〈チェシャ〉の見たところお兄ちゃんの偽装には隙があるようです。こんな可愛《かわい》い妹がいるのですからアキホなんかと遊んでいるのはおかしいです」

「だから！」

明希星《あきほ》は『偽兄妹《ぎきょうだい》』の話に割って入った。

「こういう『偽装』とか『設定』とかに巻きこむのをやめてって言ってるの！」

「聞いてなかったのか。何事にもきちんとした理由が必要なんだ。生死を分けるのはこういうわずかなディテールの積み重ねなんだ」

「橘《たちばな》さんのことだって、そうやって勘違いしたの忘れてんの？」

「……それは君の勘違いだ」

「……嘘《うそ》。あの後、何かあったんでしょ？」

「…………」

「……そうやって人のこと馬鹿にするみたいなため息もやめてくれない？」

「アキホのいでいおっと、ぺんだほ、ばーかばーか」

「あんたねえ……あたしが助けてあげたこと忘れちゃったわけ？」

「アキホがドロボー猫だと知ってたらこっちからお断りでした」

「はあ!? だからあたしと凡田《ぼんだ》君は『ただの友達』だって言ってるじゃん！」

「…………」

やり合う二人の前で、凡田は頭痛をこらえるように眉間《みけん》を押さえた。

凡田純一《じゅんいち》の『命がけ』の日常生活。それはまだ始まったばかり。

任務遂行のロードマップ

XX Roadmap with Mr. Bonda

[redacted]	[redacted]
Phase 2	対象との接触、コミュニケーションの開始
Phase 3	対象と挨拶を交わすリレーションシップの形成
Phase 4	より親密なリレーションシップの形成（世間話をする間柄に!）
Phase 5	対象と信頼関係を構築する（友達になる!!）
Phase 6	対象の作戦指揮官への依存度を高める施策の実行（親友になる♥）
Phase 7	対象に異性として意識させる
Phase 8	秘密♥

凡田純一　JUNICHI BONDA

双輪高校二年B組。目立たない男子生徒。ぼっち。誰の意識にも上らず、いつ登校し帰宅するか誰も知らず、「ぼんだじゅんいち」をもじって『凡人』というあだ名をつけたことさえ誰も憶えていない。気は小さく、臆病。散髪に行くことや成人誌を買うことにも本人にとっては多大な決意力を必要とする。

というのは全て偽りの姿。その正体はとある組織に所属していたとあるエージェント。あるとき、とある理由から組織を離脱し追われる身となった彼は、全力で「目立たない普通の少年」の偽装工作を遂行することになった。

常に他人の目を意識し、スクールカーストも完璧に把握。誰からの注意も引かない影の人間となる。

橘黒姫　KUROKI TACHIBANA

双輪高校二年A組。お嬢様、名門・橘家の後継者。容姿端麗、成績優秀、運動神経抜群、人望を集め生徒会役員まで務める『完璧超人』。

というのは全て偽りの姿。その正体は『翁』という名で知られる、諜報機関『御伽衆』の長。先代である祖父から諜報技術を学び取った黒姫は幼いころから才覚を発揮し巨額の資本を動かしていた。

敵対する組織から身を守るため、また、自身の組織内の離反者に備えるため、普段は双輪高校に通い、優等生を完璧に演じきっている。

凡田と何とか仲良くなりたいと思う一方、その完璧さゆえに『優等生』の偽装を外すことが出来ずにいる。

SCHOOL LIFE ESPIONAGE

CHARACTERS

芹沢明希星 AKIHO SERIZAWA

双輪高校二年C組。長身、スタイルが良く人目を引く容貌だが、人を寄せ付けない雰囲気のため孤立している。

その真の姿は『御伽衆』の暗殺者、『弓竹』（なよたけ）。日常に溶け込み、暗殺のそのときが来るまで組織とも切り離されたスリーパー・エージェントだった。

趣味は漫画を読むこと、音楽配信をだらだら聞くこと。

白峰伽羅 CHARA SHIRAMINE

凡田の両親の離婚にともない離れて暮らすようになった妹……という設定で凡田のところへ転がり込んできた元・狙撃観測手。本名は不明。コードネーム『チェシャ』。フィールドでのカムフラージュ術と観測術に優れる。

クールなあまえんぼ。

八木薫子 KAORUKO YAGI

黒姫の執事、運転手、側近。組織に絶対の忠誠を誓う『御伽衆』の伝書使（クーリエ）。別名『ヤタガラス』。

黒姫の正体を知る一人。彼女の意思を組織に伝える役目を持つ。そして、黒姫の片思いを知る唯一の人間。

彼女の暴走する初恋に呆れているが、彼女が拗ねると組織運営にまで影響を及ぼすため、その作戦に付き合っている。

小清水早苗 SANAE KOSHIMIZU

ポンコツ教諭。凡田のクラスの担任。生徒会の顧問。小柄、童顔。常に何らかのレール上にいないと不安になる気弱な性格。

あとがき

　ごぶさたしております。方波見咲《かたばみさく》です。

　『超高度かわいい諜報戦《ちようほう》～とっても奥手な黒姫《くろき》さん～』、いかがでしたでしょうか。

　前作『ギルド〈白き盾〉の夜明譚《オーバード》』の資金繰りファンタジー路線から一転、今回は日常的冷戦型青春群像劇となっております。

　前作から四年。

　え！　四年！

　よね……え！　もうそんなに経《た》ちましたっけ⁉　だって四年っていったらオリンピックが……えっ⁉

　どうりでなんにも憶《おぼ》えてないわけです。

　著者校のやり方忘れてるわけです。

　著者校用のボールペンが見つからないわけです。

　終わったあとに掃除してたら二本くらい出てくるわけです。

　あとがき、何書いていいかわからないわけです。

　これはもはや、はじめましてですね。

　ご挨拶遅くなりました。かたばみ・さく、と申します。男です。

それでは謝辞を。

イラストを担当してくださいましたろるあ様。かわいいかわいいヒロインズをありがとうございます。明希星《あきほ》の御御足《おみあし》、お見事にございます。

広報漫画を描いてくださいました杠《ゆずりは》 憲太《けんた》様。黒姫のデレ顔かわいいかわいいです。ありがとうございます。

担当様。本文のほう遅れに遅れ、申し訳ありませんでした。辛抱強くお付き合いくださってありがとうございます。

企画立ち上げにご協力いただきました前担当様。やりとりの中で黒姫たちは現在の形に至ることができました。ありがとうございます。

この作品に関わってくださった皆様方、いろいろご迷惑お掛けしました。ありがとうございます。

そして、この本を手に取ってくださった皆様。

ありがとうございます。またお目にかかれるのを楽しみにしております。

方波見　咲

MF文庫J

超高度かわいい諜報戦
～とっても奥手な黒姫さん～

2020年3月25日　初版発行

著者　方波見咲
発行者　三坂泰二
発行　株式会社 KADOKAWA
〒102-8177 東京都千代田区富士見2-13-3
0570-002-001（ナビダイヤル）

印刷　株式会社廣済堂
製本　株式会社廣済堂

Printed in Japan　ISBN 978-4-04-064544-5 C0193

◇◇◇

【 ファンレター、作品のご感想をお待ちしています 】
〒102-0071 東京都千代田区富士見2-13-12
株式会社KADOKAWA　MF文庫J編集部気付「方波見咲先生」係「ろるあ先生」係